卡佛的
鱼群

何金兴　著

中国言实出版社

图书在版编目(CIP)数据

卡佛的鱼群 / 何金兴著. -- 北京：中国言实出版
社, 2022.7
ISBN 978-7-5171-4234-8

Ⅰ.①卡… Ⅱ.①何… Ⅲ.①长篇小说—中国—当代
Ⅳ.①I247.5

中国版本图书馆CIP数据核字(2022)第120033号

卡佛的鱼群

责任编辑：张　丽
责任校对：王战星

出版发行：中国言实出版社
地　址：北京市朝阳区北苑路180号加利大厦5号楼105室
邮　编：100101
编辑部：北京市海淀区花园路6号院B座6层
邮　编：100088
电　话：010-64924853（总编室）　010-64924716（发行部）
网　址：www.zgyscbs.cn　电子邮箱：zgyscbs@263.net

经　销：新华书店
印　刷：成都市兴雅致印务有限责任公司
版　次：2023年1月第1版　2023年1月第1次印刷
规　格：880毫米×1230毫米　1/32　7.5印张
字　数：168千字

定　价：68.00元
书　号：ISBN 978-7-5171-4234-8

CONTENTS

目 录

第一章

1

入警未满一个月，就被调离刑警队，这在整个大学城分局都算是不那么光彩的事，可安生不在乎，不就是下放到派出所，不就是贬谪嘛，还可学古人"日啖荔枝三百颗，不辞长作岭南人"。再说呢，临湖派出所虽处在城郊，毕竟还算市区，多少人还挤破头皮往大城市户籍本里钻呢。

要说城郊，还真是城郊。从刑警队搬出行李，一路上那些鳞次栉比的高楼逐渐稀少，红绿灯的密度也变得稀疏。路上跑的更多是两轮摩托车，清晨的风吹起骑者的头发、衣襟，他们应该很享受在车道的缝隙间超越轿车的快感。

从主干道转弯进来，世界仿佛一下子慢了下来。沥青铺的路，两旁立着电线杆，散乱的电线横空穿过，没拉直的部分像心电图，似乎要证明片区的烟火味。如果这栋四层楼的建筑不是涂了醒目的蓝白相间的颜色，那和身后一大片居民自建的民房基本没什么区别。同样的建筑，因为多了蓝白颜色和警徽标识，加上楼前飘扬的五星红旗，让大门上的"临湖派出所"牌子显得威严了许多。

蔡进所长和吴同富教导员在三楼办公室接待了他，有趣的是，一个满脸严肃，另一个恰恰相反，弥勒佛般一直笑呵呵地说："刑警队来的小伙子，业务一定强。好好干，前途无量！"

安生谦逊地应道："可惜手上的案子还没办完，就被调离刑警队了。"

听了十多分钟工作安排，安生明白了蔡所长一脸严峻的原因。辖区在城乡接合部，面积在市区各派出所算较大的一个，学区特色明显，有十二所大中专院校和一大片民房，这些民房以出租为主，目前拆迁了一半。复杂的环境给犯罪分子提供了隐蔽作案的条件。"最近连续发生持刀抢劫案件，算是顶风作案了，市局正开展打击'两抢'的'利剑'专项行动，本月我们所发案率第一，破案率倒数第一，先安排安生过去加强警力。"

"是单人连续作案吗？"

"都是针对晚上独行的女学生，据她们描述，应该是同一人，蒙面持刀，抢手机、现金等任何值钱的东西。没伤人，抢完就消失在那片拆迁房的废墟中。"

"会往哪个方向逃窜？"安生的兴趣点陡然而生，像狼嗅到了肉味。

"不好推测，那片区北面是大学老师的自建小区，西面是热闹的学生街，东面是我们派出所临湖路方向，最有可能是南面的学生公寓，开放式的，我们已经安排老陆每晚在那设卡，而且接警后，我们巡逻车会第一时间在那儿会合。"

"有什么特别情况？"

"有位受害女生当时央求他手下留情，说自己家穷，从老远农村过来准备艺考，爸爸残疾，身上的这点钱，是她半年的生活费。嫌疑人看了下她的衣着，没抢就走了。"

"贼不走空，也算新鲜事！"

"让老陆带带你，晚上记得把警灯打开！"吴教导意味深长地说。

晚上八点，老陆领着安生到装备室办好枪械的交接登记手续，和门口等候的协警一块上了警车。"安生安生，这名字起得好！干我们这行，就图个平安，金钱乃身外之物！我都快退休了，想当初……"老陆一边把着警车方向盘，一边慢条斯理地说。

"想当初，一百万现金！煮熟的鸭子都飞走了。全所谁不知道，耳朵都听出茧子了。"协警挤眉弄眼。

安生正出神地望着车窗外的店铺和行人，夜幕下的江城蒙着一层细纱，几盏昏暗的路灯试图撩开细纱一窥究竟。几个老人带着小孩坐在马路中央花圃隔离带的石阶上闲聊，看穿着，不像本地人。安生想起自己的爷爷奶奶，以前农村老人没什么娱乐，夏夜纳凉，找个空旷之地打听邻家婚丧嫁娶，相互之间基本没什么秘密，没想到在城里还能见到这种情景。只是经常有机动车呼啸而过，如果对面交会的车辆开起远光灯，那么司机是很难看清穿深色衣服越过马路的人。

"师傅，停车，我下去一下。"安生跳下由长城皮卡喷涂改装成的警车。

老陆看着安生走到路中央的花圃带，对那些纳凉的人劝说了几句，老人们似乎在争辩着什么，可能拗不过警察，勉强点点头。安生拦住过往的车辆，直到这些老人、小孩过完马路，才挥挥手让这些车辆继续通行。

"我开始喜欢我这个徒弟了。"老陆认真地说。

"听说刑警干不满一个月，就被下放到所了……"

"你懂个屁！别嚼舌头。"

老陆给安生递了瓶水，把警车停在学生公寓楼下。警灯强烈的红蓝闪光特别晃眼，正要走进公寓大门的学生抬起手挡住脸。安生揣测到所领导的心思：打开警灯巡逻，不是抓人，是赶人，就算破不了案，总得降低案发率啊，所领导根本没指望他能抓到这个蒙面劫犯。那么一大片民房区，有的拆了，有的还没拆，里面小路纵横交错，只要劫犯一离开现场，就很难辨认拦截。

"师傅，我想到附近走走。"

"去哪儿？我知道你想什么，派出所和刑警队不一样，只要我们在岗，按领导的指示去办事，就算没抓到嫌疑人，也不会怪我们失职。你看，警灯一直闪着，这么多学生都看到，他们增加了安全感，内心很感激我们警察。喏，你嘴上喝的矿泉水，也是昨晚一个女生硬塞进车里的。"看着安生执拗的眼神，老陆也知道拦不住，年轻人犟脾气，像自己年轻的时候，便没再说什么，算是默许。

"如果我是蒙面人，抢完后会往哪个方向跑呢？"安生心想。

安生也不是愣头青，已趁着白天空当，骑着自行车把这片区兜了个遍，大致摸索出了轮廓。学生街在片区的西边，大学生上完晚自习或逛完街后，抄近路回到南边的学生公寓，会经过那片拆迁区域。安生漫无目的地骑行穿过，内部小路纵横相连，瓦砾、砖头、垃圾随处可见，无主的猫匆忙从垃圾堆窜到乱石堆里，很快跳上断垣不见踪影。偶尔有居民提着菜经过，也只是抬头看你一眼，仿佛习惯了陌生的面孔，毕竟这里留守的人家基本上都以出租户为主。

此时安生心里已经有自己的预判，往白天预设的埋伏点走去。

那是栋拆了一半的老房子，里面尽是碎石断砖，只留两面成直角的断墙，直角处是两条岔道，两条小道刚好顺着墙的方向，都可通往临湖路。躲在墙根，不会被人发现，只要听到跑步和急促呼吸的声音，就可以跳出来拦截盘查。

正当安生想取出警用手电筒照亮眼前的乱石堆时，隐约觉察墙角有人影在晃动，在一处平整的石块上有两个人紧抱在一起，低低地喘着气。这个意料之外的情形，让安生吓了一跳。见鬼了，遭遇战是对战双方最不想看到的。训练有素的安生还是很快反应过来，右手按在枪套上，左手打开强光手电，照射黑影的脸。"啊！"对方也惊叫一声。安生定睛一看，发现是一男一女，慌乱的神情难掩稚嫩的学生气，男生的手赶紧从女生的肩上拿开，感觉这双手是多余的，不知该藏在哪里。女生还没从惊吓中回过神来，胸口一起一伏地喘着气，脸红红的，趁空整理好上衣。

"警察！你们在干吗？"安生说完，自己也觉得好笑，多此一问。

"我们是、是、是……同学，来这儿散散步。"男生嗫嚅着答道。

"下次别来这荒地散步，危险！"安生侧让一步。两人低着头从安生面前溜过。

真会挑地方。安生心里暗笑，不知是在"表扬"那两个大学生，还是在表扬自己。现在是晚上八点，十一点后就没有人从这儿走动，还有三个小时，时间不长，安生调低手持电台的音量。

真安静啊！

"老陆此刻一定在学生公寓前设卡，路过的大学生会报以崇拜的目光。"安生想，自己则与黑夜融为一体。时间一点一点消逝，安生也放松了下来，抬头望望夜空，感觉那些星辰遥不可及，心想："小时候躺在湖边的草坪上，夜空低垂，仿佛伸手就能摘下那颗最亮的星子。长大后，书阅读多了，理解诗意的人为什么能在腥咸的鱼市中遥望星空，此时，能坐在废墟上傻傻望着星空的人是不是独我一人？谁与我共？'夏虫语冰'算一个吧，就从她起的网名，就能看出她有多孤傲。也许这辈子只能隔着屏幕，也许'夏虫语冰'对我来说，永远是平行的世界。"

就在安生放飞思绪的时候，静默良久的手持通信电台突然传出指挥中心急促的通播声音：嫌疑人蒙面，白色运动上衣，黑色裤子，持刀，正逃离现场，请临湖所赶到现场，附近民警做好拦截准备。出现了！安生的心跳一下子加快了，虽然白天及至刚才，都一直期盼着他的再次出现，所有的准备就是为了这一刻，当真的来临时，怎么会这么紧张呢？内心怎么希望自己判断错误不会在这个方向出现？"白色上衣，白色上衣"，安生默想两遍，走出墙角，拇指按开了手枪保险。

几乎同一时间，小路的端头就传出跑步和气喘的声音，来人是黑衣男子，不是白色上衣。"警察！不许动，配合检查！"安生大声喊出。对方愣了一下，随即往岔口的另一条小路撒腿就跑，安生迅速追去。论体力、耐力，在四百米跑道上公平地比赛，安生有信心超过他，但这不是训练，不是比赛，自己腰间绑着八大警用器械和武器，脚下随时可能出现石头绊脚，况且对方穿黑色背心，无法确认他就是嫌疑人。尽管这样，安生凭感觉就是他！只要保持在视线范围内，就能很快追上他。

在拐第三个弯时，对方脚下被绊，"扑通"一声摔倒在地，借着民房窗户透出的光亮，安生看到一张沧桑的脸，充满惊恐和绝望，装束打扮和每天清晨在一些新小区门口找活的打工者一样。

　　"趴下，别动！"安生把伸缩棍往后一甩，做出警戒动作。其实安生也犹豫了一下，他可以按战术动作，扑上去，擒拿，摁住，上铐。但他脑海里除了浮现电台通播说的白色上衣特征外，还跳出"持刀"。俗话说"穷寇莫追"，就算是受伤的野猪，遇到绝境时，对猎人的威胁比老虎还大，安生选择持棍保持安全距离，试图以此来威慑他。

　　谁知，黑衣人爬起来，头也不回地继续往前跑。安生护住枪套，迅速追去，荒径上两人的脚步声显得格外急促。前面灯火明亮，就是临湖路了，只要过了马路，就更难抓捕。夏天的夜晚，正值九点多，怕热的居民都是在晚上出来溜达。黑衣人冲出小路时，人行道上刚好有老妇推着一辆婴儿车经过，黑衣人慌乱中撞了下她肩膀，冲进机动车道，同时脱手的婴儿车也滑向车道……

　　莫名的恐惧强烈袭来，安生看到一辆小车正驶向黑衣人和婴儿车，紧急刹车时，金属刹车片和轮胎摩擦沥青路发出的巨大响声，特别尖锐刺耳。这下完了，安生心里不由地咯噔一下。就在这电光石火之间，黑衣人回头推了下婴儿车，婴儿车回到人行道，那辆小车在离黑衣人仅一厘米的距离紧急刹住了，黑衣人朝安生得意地嘿嘿一笑，正想转头继续逃跑时，"嘭！"第二辆货车没刹住，撞上刚停住的小车，小车重重地撞向黑衣人的大腿……

2

虽然昨晚把嫌疑人按程序移交给了刑警队，所长也批准他上午补个觉，但安生躺在床上怎么也无法平静，这是从警的第一仗，处置过程有瑕疵，就像太阳，有了黑子。

安生想到唯一可以倾诉的人——"夏虫语冰"。打开电脑，QQ跳出"夏虫语冰"的留言："湖光十色"，你胆子好大，竟没在线，放我鸽子。"湖光十色"是安生的网名，隔着屏幕，安生都能想象她嘟嘴生气的样子。

安生随手点了束玫瑰过去，看她是否在线。

"这还差不多，送花还是第一次，这可不是你的风格，什么事，说说看。""夏虫语冰"回复得很快。

"如何看待生命，在面对生死的紧急时刻？"安生敲着键盘，昨晚的追捕，让他心有余悸。若不是亲身经历，安生绝对想象不到温文尔雅的人类也会有野兽般的眼睛——满是惊恐，像一匹仰天长啸的独狼从夜的深渊里射出幽蓝的光，准备做最后一次的挣扎；还是那双眼睛，当它看向脱离险境的婴儿时，熄灭罪恶之火后，又流露出爱的慈悲。

"生命无比灿烂，每一条生命都值得尊重。当年七十高龄的丘处机，为了劝成吉思汗止战不嗜杀无辜，手持木杖走了几年才到大汗帐篷。我们凡人，善待生命，珍视自己的生命就好了。当然也有一些人，反其道而行之，黄道周，咱福建人，募众数千人，组成抗清'扁担军'，明知必死却慷慨赴死，一样值得我们尊重。"

"如何看待施舍？昨晚我感觉被施舍了。"安生追问。

"路遇一位乞丐，今天因为和女朋友在一块，你施舍他一百块钱；昨天就你一个人，出于同情，给了他一块钱，你说哪种才是真正的善？""夏虫语冰"丢下问题。

"一块钱才是真正的善！但就算是一块钱，如果是以胜利者的姿态施舍，这样的一块钱也不是善。"安生认真地回答。

"对！众生平等。和你聊天真愉快！"夏虫语冰点了个赞。

过了一会儿，屏幕上再传来她的文字："我想起初中时的后桌，两个人因故剃了光头，一个绰号叫'狱头'，另一个叫'和尚'，他们对佛学可能更专业，哈哈哈。"

一阵莫名的感动，从心底涌起，到大脑，到眼眶，如潮水，一浪胜过一浪。从初中毕业到现在，这么多年没见了，她还是那么可爱。她的QQ号是安生当上刑警第一天请师兄帮忙查到的，但是安生不能告诉她，自己就是当年的"和尚"，就是那个上课盯着她脖颈发呆的傻小子。时间是很玄妙的东西，你再大的伤口它都能愈合，结成疤，看似很坚硬，但是，往往温暖的细微之物却像根针，重新扎进，让你痛，让你痉挛，尤其当你需要别人安慰的时候。

"为什么不说话？""夏虫语冰"问。

"在听。"

"我觉得网络比现实更真实，现实中大家有所保留，反而在网上，你和我互不认识，更能畅所欲言。"

"小心我这只大灰狼，十色，十分好色！"

"'湖光十色'小朋友，你抓不到我，我才不怕呢，嘻嘻。"

安生终于沉沉地睡去。等到手机铃声响起时，都可以把午饭和晚饭连在一块吃了，是蔡所长来电，让安生到他办公室。

蔡所长和吴教导已经在办公室等候了，吴教导主动泡好茶，笑眯眯地招呼安生坐下喝。

"守株待兔也是有名堂的，说说看，安生，你怎么知道他会往派出所方向逃跑？"

安生说出自己的推理："发案地在咱们拆迁片区，北面是封闭式大学老师的小区，有围墙隔着，根本进不去；西面是热闹的学生街，虽然躲进人潮中是最好的办法，但有个风险，万一受害者在后面追着大喊，那么前面就会有群众堵截；南面是学生公寓，老陆在那里设卡，我们出警的警车也是第一时间往那儿会合，反而空出一个漏洞，往东，往我们派出所方向跑！"安生接着分析可行性："有拆迁房作掩护，道路纵横交错，方便逃脱。小路上走动的人少，多是流动人员，互不认识，只要过了临湖路，对面便是民房、厂房、农田交错的复杂区，便可逃之夭夭。"

"昨天为什么不先报告你的推理？"

"我是新警，刚被……"安生本想说刚被发配到所，感觉不妥，又打住。

"昨晚辛苦啦，要发挥不怕苦不怕累连续作战的优良传统，争取当破案尖兵。"

安生点点头，没接话，知道领导还有话要说。

"刚刚刑警队郑威副大队长从医院来电说，昨晚抓的那名嫌疑人大腿骨折，正在治疗中，但他不认供。身上搜过，没有赃物和作案刀具，也没穿白色运动上衣，当时他蒙着面，受害女生也无法辨认确认，证据严重不足，让我们派出所协助找找证据。我已让老陆到现场附近找证物，你到医院协助预审，争取把案子破了，给你上报嘉奖！"

"真是抬头不见低头见啊，昨天早上刚从刑警队卷铺盖走人，今天还得过去见他们，李大满是好兄弟无妨，希望别遇见郑队。"安生心中默想道。

在市一医院等候多时的李大满正愁眉不展，看到安生，立即上前朝他胸口轻戳一拳："昨天走了也不通知兄弟一声，我也可帮忙提提行李。俗话说得好，'人挪活，树挪死'，这不，你一到派出所就抓到一条大鱼！"安生不冷不热地回答道："一点行李，哪敢有劳郑大队长的高徒。人在里面吧？"李大满感觉有些尴尬，岔开话题说："躺着呢，一声不吭，硬得很，身份证名字是陈家辉，云南人。"

走进专用隔离病房，安生看见憔悴的男子躺在病床上，挂着点滴，间或发出低低疼痛的呻吟。他看到安生时有些惊讶，但很快恢复若无其事的神情，安生则把目光转向他受伤的大腿。

"可以逃走，为何不跑？"

"你怎么知道我会往派出所方向跑？"陈家辉反问。

"为什么没抢那个穷学生？"

"我摔倒时，你为什么不直接抓我？我的腿就不会被车撞。"

"警察问你话呢！"李大满厉声插嘴道。安生没再问，房间里陷入几分钟的沉默。

"我想上厕所。"陈家辉看着他们俩。

"憋着！先坦白交代清楚！"李大满已经有些不耐烦了。安生没说话，用眼神示意李大满打开床头的手铐，并上前把输液瓶举过头顶，扶陈家辉下地，看他左腿不能着地，安生用肩膀撑住他的腋窝，右手抱住他的腰，他才勉强一跳一跳地走向外面卫生间。很难想象，昨晚还是你死我活的对手，今天却像兄弟一样相互搀扶；本该一个躯体死死摁住另一个躯体，今天却是一个躯体用力扶住另一个躯体。通过身体的触碰，安生体察到陈家辉虽有一米八的个儿，实际上却很枯瘦。"他要是没去抢劫该多好啊！"安生不由自主地想。

陈家辉突然转过头来，情绪失控地说："你是个好警察，答应我，帮我找到孩子，他臀部有块胎记，被抱走时才三岁，二十年，我找了整整二十年！"安生不由地一震，听他用颤抖的声音描述经过：他老家在云南丽江，儿子欢欢被人拐卖到江城。这么多年来他一边打工一边寻人，最后有位叫"阿彪"的人开出条件，用五万块来买孩子的消息，所以他才铤而走险连续抢劫。安生低头接过孩子的照片，这孩子胖嘟嘟的，笑得好甜！

"阿彪是谁？我帮你联系。"安生问。

"我在街上张贴寻人启事时，他主动联系了我，本来约好昨晚见面的，唉，这都是命！"

"一个不认识的人，你竟然会相信他？"

"他说的细节对得上。"

"要不这样，我有位同届的叫陈棋，干法医，我请他过来帮你采集血样，录入全国打拐数据库，只要孩子DNA数据也入库，电脑就会自动比对出来。"这是安生目前能想到的最有效的办法，至少比大海捞针强。

"我罪有应得，我认罪。孩子是支撑我活下去的唯一希望！"脸上写满沧桑的男人，终于不用再忍，当众痛哭。安生鼻子一酸，收好照片，走出医院幽深的走廊。

　　卡佛的鱼群

3

一传十，十传百，越传越神。

临湖派出所上下，对新警安生刮目相看。溢美之词的，说"安生初生牛犊不怕虎，智勇双全，不仅生擒嫌疑人破获我市影响重大的督办案件，还凭三寸不烂之舌撬开铁嘴，人赃俱获，简直是狄仁杰在世、当代神捕"；尖酸刻薄的，说"安生运气好，瞎猫碰上死老鼠，那晚离开老陆单独行动，怕被抢功"；添油加醋的，说"安生一出招就把高个大汉打成骨折，一泡尿就攻破顽固分子的心理防线"。只有老陆欣慰地拍拍他的肩膀说："好徒弟，平安第一！"

安生琢磨着吴教导员让他接受媒体采访时的吩咐，心理一百个不愿意。抓捕时没有勇敢地上前扑住对方，导致其被车撞伤；男子陈家辉本可以成功逃掉，为了救下推车里的婴儿，才被抓获，而且抓捕时，没有保留住证据，若不是人家以性命相托，根本破不了案；更让人心酸的是，施害者本身也是受害者，看似凶恶的表面却深藏不泯的良心。原先以为世界非黑即白，没想到还有中间地带——灰。

但是吴教导员说得也在理，于公，所里需要这样的宣传提升群众的满意度和信任感，打击"两抢"的"利剑"行动已开展两个月了，市局急需表彰典型提升士气；于私，被草草调离刑警队，在临湖所却展示了才干，打脸当初做决定的人。当安生再次走进教导员的办公室，吴教导脸上已经乐开花了："坐坐坐，给你介绍一下，这是《江市日报》记者——"

"夏语嫣！"

"'和尚'，不、不，安生！"两人几乎同时打断吴教导的话。

"你们认识？"

"初中同学，前后桌！"夏语嫣抢着回答。

"那就更好啦，老同学采访，沟通方便，没我啥事啦。"吴教导打趣道，"安生，带同学到你楼上宿舍坐坐，好好聊聊。"

"呃，房间没收拾好。"

"走吧。"夏语嫣大方地先走出办公室。

安生嘴变得木讷，不知该说什么好，心里却翻江倒海，曾经瘦小清纯的小姑娘，如今出落成亭亭玉立的都市靓女，修身的职业装，简洁的花纹修饰搭配，让她显得清新脱俗。

"有美一人，清扬婉兮。"安生搜刮大脑所有赞美的词汇，此刻只想到这句，就脱口而出。

"自我感觉当之无愧，就收下啦。"夏语嫣嬉嬉笑着。趁安生打水的功夫，她环顾下房间，宿舍还挺整洁，十多平方米一个人住也够宽敞，最醒目的是一套迷彩服，悬挂在墙壁中央，仿佛被主人当成装饰品，破了几个洞，脏得不忍直视。夏语嫣也不好意思问，转身去翻书架上的书。除了警务类书籍外，主要是一些小说，国内的有《边城》《活着》，外国的有卡夫卡、雨果、太宰治等人的作品，一本用书签作在读标记的《地下室手记》斜放在桌角。

"在读陀思妥耶夫斯基的作品？为什么不是托尔斯泰？"夏语嫣随口问道。

"托尔斯泰侧重广度，陀思妥耶夫斯基挖掘深度。最近想多了解人性的复杂面，"安生答道，随即又补充，"工作需要。"

"你也喜欢太宰治的作品？"

"别人觉得他太丧，但他骨子里是高贵的。"

夏语嫣满意地点点头，仿佛找到了知音。夏语嫣并没有看向安生，好像被什么东西吸引住，沉默一小晌，没说话。安生顺着她的视线，看到的是雷蒙德·卡佛的小说《当我们谈论爱情时我们在谈论什么》，这是一本精装本，收窄的纸张、讲究的封面设计，让人有阅读的冲动。可能有"爱情"两个字吧，女孩子家不好意思主动聊，安生赶紧解释："卡佛是美国当代作家，这本书是他的短篇小说集，不单单涉及爱情，值得一读。"

夏语嫣接过安生递过来的书，随手翻了几页，说："我们老师重点推荐了'双卡'——卡夫卡和卡尔维诺，从写作手法上来讲，他们突破了小说创作的边界，我们中文系学生都喜欢先锋派。至于卡佛，只听说是极简主义，还没认真读过他的作品，请老同学不吝赐教。"说完，扑闪着一双调皮的眼睛，嘴角微微上扬，含笑望着安生。

"他笔下多是社会底层的小人物，有潦倒的，有失意的，有酗酒的，有自杀的，让我们看到了生活真实的另一面。在人的生命中，在真实的生活处境中，存在着巨大的沉默。一种无法用言说表达的伤痛，只好放到极简的沉默里。"安生顿了顿，神情肃然地说，"而我，看到了另一种希望。"

"另一种希望？"

"对，明亮的事物。愈是身处绝境之中，愈能感受到它的明亮。"

"你的解读很特别。"

"感兴趣的话，先借给你，这样就有机会再见到你咯。"

"几年不见，学会贫嘴啦，不过本姑娘爱听。"

"喏，刚沏的茉莉花茶，咱们边喝边聊案子，本地特产，美女专供。"安生把泡好的茶递给夏语嫣。

茉莉花的清香，从杯沿升腾而出，夏语嫣小抿一口，神清气爽，唇齿留香。"斯是陋室，惟吾德馨！回赠一个，请高僧笑纳。"两人相视一笑。

目送夏语嫣走后，安生闻出房间的香气，不是茶香，是她身上留下的淡淡的香水味，都说香水有毒，此刻宁愿被毒死。

第二章

1

莫言先生说，我们总是以诗般的语言刻画自己在青春的罅隙中的那般狼狈。对于安生来说，青春是什么呢？他会毫不犹豫地说，青春是"葱白脖颈"。

倘若当年夏语嫣没被调到安生的前桌，那么安生的初中时光大部分要在睡觉中度过。农村中学学习压力小，很多孩子都兼职家中业余劳动力，除了几位自律性强的学霸，其余学生都心不在焉，要怪只能怪春风醉人，只要一吹，班上会被吹倒一大片，安生也不例外，尤其是下午的三节课，老师讲课就是最好的催眠曲，学生眼睛一闭一睁，下课铃就响了。这样的节奏直到夏语嫣插班到本班。

永远记得那个神奇的日子，班主任"egg"（后脑凸出）带个小仙女（至少男生们都这么认为）走进教室，郑重介绍新来的同学——夏语嫣，据说介绍了快一分钟，反正安生啥都没听进去，只知道一袭白裙的小仙女受神仙指派，坐到了自己的前桌。而同桌李大满乐开花了，一个劲地送笔啊递本子啊。那节课安生没睡，一直抬起头看黑板，确切地说，是透过夏语嫣的脖颈看黑板。头发扎成马尾辫，脖子就自然地露出来，修长的脖子像跳跃林间的小鹿，不，像刚剥开的葱白，白得耀眼。透过葱白的脖颈看黑板上的字母，才发现英语老师的字简直就是艺术，以前自己没懂得欣赏，于是，安生暗暗叫她是"小葱白"。

李大满更是像打了鸡血，突然好学起来，经常拿着作业问夏语嫣，只要有人打趣他，他就说是"学孔子不耻下问"，想了下感觉不对，改口说"知之为知之，不知为不知。"只要夏语嫣值日，他就一定会留下来帮忙做卫生，起初夏语嫣对他不冷不淡，直到那起"头发"风波才终于博得美人一笑。

班会课开始没多久，德育处主任"宫一刀"（姓宫）就来突击检查仪容仪表。按规定，男生头发不能过耳，女生头发不能过肩，上周广播通知要做好自检，截止日一到就要当场强制剪一刀，同学戏谑他为"宫一刀"，但都敢怒不敢言。"宫一刀"进来时，教室鸦雀无声，他用鹰眼般的眼睛盯着每个同学的头，谁都别想漏网。第一个被剪一刀的是李大满，李大满憋红着脸骂理发师没剪好，让他丢脸。第二个就是夏语嫣！说她马尾辫超过肩膀，天哪，安生天天看着"小葱白"脖子竟然都没发现！那刀剪完后，整节课夏语嫣肩膀都在颤动着，安生知道她在抽泣，陪着一起难过。

下课后，安生在偏僻处拉住李大满："大满，我有个办法，让你不用再出理发的钱。"

"什么办法？"

"直接理光头，等它长长了，就相当于你平常理两次的费用。"

大满算一算,数目没错,可还在犹豫。安生一把抓住大满的手:
"怕啥,学校只规定头发要短,又没说不能光头,我陪你剃!"

当两人顶着两颗闪亮的光头昂首走进教室时,全班同学的嘴巴都张成了"O"形。很快,消息传到德育处,眼保健操时间一结束,广播就传来了"宫一刀"沙哑的声音:"中午,初二3班两位同学擅自违反校规剃光头,这在我校历史尚属首次,剃光头的一般是两种人,一种是出家的和尚,另一种是坐牢的犯人,因两位同学系无知初犯,特给予通报批评,以儆效尤!"

话音刚落,初二3班响起热烈的掌声,平常爱起哄的"大嘴猴"还喊起"和尚"和"狱头",弄得全班哈哈大笑,安生和大满面对这么热闹的场面,也不好意思地搔搔自己脑袋。夏语嫣转过身来向他俩感激地点点头,眼中扑闪着泪花,大满见状拍拍胸脯说:"我的主意,聪明的脑袋不长毛!"从那以后,全校师生都知道初二(3)班有两个大名鼎鼎的光头,一个叫"和尚",另一个叫"狱头"。只是,安生还是安静的安生,大满已经是可随时与小仙女有说有笑的大满。

在篮球场的台阶上,李大满递给安生一包巧克力,兴奋地说:"安生,为什么剃个光头,夏语嫣就开始搭理我了?还是你有办法。"

安生小声地说:"女孩子头发被剪一刀,多丢脸啊,你说夏语嫣能不难受吗?我们剃光头了,全班的注意力全转移到这两颗秃头上,顺便还帮夏语嫣等同学出了口气。"

"出气?"

"你这个猪脑子,这叫抗议,无声的抗议。"

李大满沉浸在英雄救美的壮举中,但安生不介意这个,夏语媾还是他心中的"小葱白"。喜欢二字，真是神奇，能让你的小宇宙彻底爆发。那天"egg"老师绘声绘色地朗诵朱自清的《春》：小草偷偷地从土地里钻出来，嫩嫩的，绿绿的。安生则把小草想象成眼前的葱白，新生，充满朝气。当"egg"老师让大家模仿《春》写一篇关于季节的作文时，安生一挥而就，写了《葱白长成记》，记叙自己种葱收获的喜悦，还赞美它历经台风肆虐，剥开时仍高洁如初的品质，毫无意外地和李大满的另一篇作文成为范文，被选中到讲台前朗读。当安生朗读完走下讲台时，夏语媾给他竖了个大拇指。轮到李大满上台的时候，他先咳嗽润下嗓子，一边看下夏语媾，这才开始声情并茂地朗读自己的作文《拥夏满怀》：夏天是美丽的，繁花似锦，争奇斗艳；夏天是热烈的，大雨酣畅，激情昂扬；夏天又是温柔的，煦风醉人，勾起遐思……我爱夏天！

"大满同学很好地模仿《春》的写作手法，有诗意有情感。""egg"老师赞不绝口。

"拥夏满怀，夏是夏语媾，满是李大满吧！""大嘴猴"大声喊出来，全班顿时沸腾了，任凭老师怎么敲桌子也安静不下来，安生看到夏语媾把头垂得更低了，连耳根都红了。从那天起，同学们都默认夏语媾是李大满的女朋友，没有人知道，有位内敛安静的少年曾为此独坐村尾的湖畔，写下了人生的第一首情诗。

2

世界很大，也很小。

夏语媾初中还没毕业，又跟着父母到外省去上学，世界大得没有她的任何音讯。谁都觉得凤凰终究还是凤凰，不会留在鸡窝的，不过还是影响了这些乌鸡白鸡的，也想扑腾着出去瞧瞧。从夏语嫣天使降临那天起，安生和李大满上课就不再睡觉，每天都有使不完的劲认真学习。安生考上了本省最好的津夏大学，李大满以头悬梁锥刺股的拼劲，考上小时候就梦想的公安大学。当两人背着行囊一起走进新警培训基地时，都不由地感叹：世界真小，缘分真好。

这里，有你跑了无数圈还是跑不完的四百米跑道，有在影视中才能见到的情景模拟实战场景，有擒拿格斗防暴突击都学完了还有更强的对手等着你的挑战。忐忑、兴奋，满怀憧憬，是刚踏进基地的菜鸟们共同的感受，尽管事先做了各种心理准备，暴击还是如约而至，竟然是他们想也想不到的事——叠被子。

都叠了十多年的被子，谁不会？比张飞玩绣花针的活还难！豆腐块形状看似简单，但要让棉絮的被子立起来，而且棱角分明那就不简单了。早晨五点四十分起床，六点集合晨跑，二十分钟的间隔，扣除穿衣上厕所，叠成豆腐块的被子，时间上根本来不及。没办法，自己定闹钟，提前到五点三十分，手脚慢的学员干脆五点就起床。

"还好我们缺的觉，念初一时提前补好了。"安生帮李大满精神阿Q。

"睡觉又不是信用卡，还能提前透支啊。你瞧瞧我的下铺，每天五点起床，你没被吵醒吗？"大满有些不满。

安生知道他指的是郑斌斌，细皮嫩肉的，估计是大城市娇生惯养从没叠过被子。即便这样，人家毕竟勤能补拙笨鸟先飞嘛，而且他怕影响大家睡眠，黑灯瞎火在自己的地头上慢慢折腾，安生也挺同情他的。第二天，郑斌斌干脆连午休也省了，直接趴在桌面上小憩，安生开始认真考虑怎么解决这个迫在眉睫的问题了。

"我们二队八个人，同一宿舍，大家必须同舟共济，争取拿第一！"安生提议。除了郑斌斌低着头，其他六人都附和。

"你点子多，想想办法。"李大满埋怨道，"没休息好，还想拿第一？"

安生环顾宿舍物品，灵机一动，建议把书藏在棉被里，可以把被子变得硬朗棱角分明，至于午休，不要打开棉被，先撤到桌上，午休用大衣盖着，大家睡醒后再搬回床上，教官们检查不出来。

"对，我们不做矿泉水，只做大自然的搬运工！"李大满终于眉开眼笑。

从集训第三天开始，二队全体睡得贼香，吃好喝好，次次拿第一，把其他中队的考评比赛分压制得死死的。二队逢人便吹，人民群众的智慧是强大的，古有"地道战""麻雀战"，今有"书海战""叠被战"。可谓不作不死，因下雨改成政治学习课，陈胜利教官那天检查内卫特别耐心，东看看西瞧瞧，终于发现了猫腻，把书全搜出来，摆放在二队面前，质问谁的主意。

"怎么都不说话啦？不是挺会显摆嘛。"

"报告教官，我是队长，我的主意。"安生立了个正。

"我也有份儿。"李大满挺挺胸脯。

"我也有份儿。"郑斌斌也举起了手。随后，全都说有份儿。

"好，二队，全都有，雨中跑十公里！"陈胜利教官不容置疑地命令道。

冷雨，寒风。在全区队众目睽睽之下，二队全体学员鱼贯钻进雨中，每一步踏下去，水花飞溅。安生说："你们傻呀，我一人跑就行，还要一起垫背，一样都要十公里。"大满说："我乐意。"
安生说："全区队都在看着，我们喊喊口号吧。"

"一二三——四，谁最二？"

"二队最——二！"

嘹亮怪异的口号响彻操场，这天，没有镁光灯的操场，却是他们最美的舞台。尽管谁都没再提起这事，但他们知道可以放心地把背交给对方。至于被罚掉的考评分，争取在手枪射击项目上追回来。小时候，所有男生都对枪有谜一样的喜爱，条件差点儿的，用几张纸折叠，拼凑成枪。如果运气好有个细心的老爸，他会花上半天工夫，找根木头，用刀雕成木枪。现在是工业化时代，各式各样的玩具枪层出不穷，让人眼花缭乱，甚至可以在野外模拟实战，真人CS，但要说真枪，对于每个队员来说，绝对是人生第一次。

五四式手枪，国外黑市称为"黑寡妇"，以威力猛著称，本来是军用的，因性能优异，稳定性好，也进入了警用装备，多年后安生的师弟们才改配更为小巧的六四式、七七式、九二式。这种代差有时候可以成为炫耀的资本，你玩过五四式手枪吗？没有吧，我说给你听，当年怎么怎么样。可是陈胜利教官介绍完五四式手枪的枪械原理后，就是不配发子弹，只让大家练习据枪，三点一线自行瞄靶。一天下来，队员们手臂酸痛，哭爹喊娘，早早放弃夜聊酝酿睡意，宿舍里唯独不见郑斌斌。安生放心不下，出来找，结果在僻静的路灯下，发现他手拿石块，练习据枪的动作。出枪，据枪，瞄准，定住，如此反复。文弱的身影被昏黄的路灯拉出长长的影子，也许这会儿孤独的影子是他最好的陪伴，安生没有唤他，心里暗自决意要关照好这个看似文弱的小子。

射击讲究心平气和，最忌急躁，脉搏的跳动都会影响到据枪的稳定性。射击考核，一队和二队都铆足了劲，都想领先对方。冷静的安生十发全部上靶，开门红，轮到最后一个郑斌斌上场的时候，大家心里都替他捏一把汗。郑斌斌的手臂仿佛有记忆一般，不用使唤就自动把全套动作按规范走了一遍，全部上靶！再次反超了一队。

"木桶原理，木桶装水量，不取决于最高的那块木板，而是取决于最矮的那块。郑斌斌，好样的！"安生兴奋地说。

"复杂的事情，重复一百遍就变得简单了。我爸教我的。"郑斌斌自豪地说。

四个月的新警集训期将近半程了，队列警姿、体能素质、擒拿格斗、盘问查缉，甚至最能拉开比分的手枪射击，都考核结束，二队暂列第一。所有人都看好二队会是这届全局新警训练的第一名，连心高气傲的一队也对他们表示敬意。优秀团队的力量，是无形的，但你却能实实在在地感受到它的存在。

可最终考核的结果，二队是全区队最后一名，是的，最后一名。二队中途出事了，准确地说，是郑斌斌出事了。

这届新警培训，主管人事训练的处长是刚从部队转业来的，纪律严明雷厉风行的作风，也被带到训练场上。集训期间进行封闭式管理，只在每个月最后一个周末才批准出基地回家探亲。"都六点半了，郑斌斌怎么还没到宿舍？"安生有些沉不住气了，隐隐感觉有什么不妙的事情要发生，按他对郑斌斌的了解，是个模范遵守纪律听话的那种，骨子里有一股不服输的劲，教官教一个新动作，别人做一遍他要重复做十遍，像他这样的人，怎么可能迟到呢？

全体集合的时候，陈胜利教官吹起急促的哨子，训练有素的队员已经不像刚进基地时慌乱无序找不着北的狼狈样。刚刚操场内外还三三两两站满散乱的人，像被人用木梳梳了一遍，一下子就排成整齐的方队。奇怪的是，当安生报出应到八个，实到七个，缺勤一个时，教官一点也不意外。本来今晚是体能恢复性训练，慢跑几圈就完事，结果改成十公里。当全休队员气喘吁吁跑到终点，教官还要加码俯卧撑，看着东倒西歪的学员，陈胜利教官面色沉重地说："平时多流汗，战时少流血！最后两个月我们会加大训练强度，希望各位有个心理准备，解散。"

二队的宿舍，空气凝固，大家都发觉事出反常，如果把郑斌斌的旷课和陈胜利教官的反常举动结合在一起，就能推断出事情的严重性。果然，安生被叫到教官办公室。大约半个钟头后，焦急的队员才盼回情绪低沉的安生，安生说："郑斌斌周五傍晚回家路上，看到一偷车贼在撬锁，上前制服他，却被背后的同伙袭击，有些网络媒体解读为警察技不如人，分管训练的领导脸上挂不住，一层批评一层。"

少了一人的二队，总分直线下滑，但大家关心的不是垫底的考评分，而是郑斌斌的伤势，直到两周后，看到郑斌斌平安归队，大家才长吁了一口气。晚上教官临时决定取消体能加餐，让队员们以宿舍为单位，讲讲自己为何从警的故事。

大家看向安生，安生说："我是受我爷爷的影响，从小就跟着他长大，他有一支锈迹斑斑的鸟铳，奶奶说他是神枪手，弹无虚发，救过全家人甚至全村人的命。我喜欢枪，像他那样，做个神枪手。"

"斌斌，你呢？"安生关心地问道。

"父亲的——遗愿。"放话简直是一枚深水炸弹。

郑斌斌冷静地说，平静的语气仿佛是在叙述别人的故事。"我初中时比较叛逆，父亲不让我看电视，我把电视扔出窗外。他想让我当警察，不会被人欺负，我却偏偏喜欢音乐，喜欢BEYONG的歌，也喜欢美国乡村音乐，后来迷上了吉他，自编自唱，成绩一落千丈。和解是发生在高一那年，父亲请我喝酒，我抿了一口，呛。他说，复杂的事情，重复一百遍就变得简单了，先把高考考好，再做自己喜欢的事。我答应他了，可他却因交通事故撒手而去。高考报志愿，我把警察学院填在提前批的第一志愿，后面所有的志愿都是和音乐有关。第二天一大早，为了喜欢的音乐，我又跟母亲商量，说我这辈子都离不开音乐，请她支持。母亲叹了口气，没说什么。当我把警察学院从第一志愿撤掉时，身子一下子放松，仿佛撤下了千斤重担。可是后面的一整天，脑海里回响的都是父亲让我从警的遗愿。"

"就像硬币的两面，命运把它抛出来让我选择，可是无论我怎么选，心里都会不甘。那晚，母亲看我痛苦的样子，又帮不上什么忙，一直在旁边哭，我也迷迷糊糊地趴在填志愿表的屏幕前睡着了。第三天，填志愿的最后一天，我在第一志愿上又填上了警察学院，我想，我当上警察，做一名优秀的人民警察，父亲就仿佛一直还活着。"

"感谢兄弟们的关照，我却拖了大家的后腿，我承认那天是我安全意识不够，换成你们，会无动于衷吗？受伤后，领导过来慰问，拍了张照片就走了，母亲守在身边，一直抹眼泪，说当初选错了，是啊，我也后悔啊，尤其是网络上有的评论说我技不如人，警察居然被小偷打，你说我心里能不难受吗？可是，在住院的那两周，我收到许多从护士站转来的慰问品，很多都是匿名的，有张明信片上写着：孩子，好人一生平安！祝早日康复。"

"那一刻，快泪奔，我相信我没选错！"

3

虽然自己被推选为队长，把着这叶小舟前进的方向，但安生觉得真正让它前进的，是一股力量，一股集体的力量化成涌流，不断地推着它前进，机械发动机有油干熄火的时候，而这股无形的涌流，却汹涌澎湃，永不停歇。

一大早，大家都在熟练地叠着被子，安生提高嗓门说："我们向一队下战书！"大家全停下手中的活，一脸茫然。大满不解地说："做梦呢你，人家第一，我们垫底，怎么比！"安生说出自己奇怪的想法："考评分是追不上，我们必须尊重规则，但我们可以用公平的方式和他们PK，最后一个月，身上的迷彩服都不换洗，一直穿到结业，看哪个队这样的迷彩服多。"大家的回答很干脆："行！"

当安生把写有简要比赛规则的战书递给一队陈棋队长时，他和队员商量了一下，然后对安生说："我们收下你的战书，这个公平，比作风，比精神！我们也不想让人说我们拿第一是二队让的。"

最后一个月，是战术训练，难度大，条件差，在基地后山的沙土场地展开训练。每天携带装备在山间越野三公里，跑完全身湿透，这还只是热身，后面才开始正式上课，要求在各种预设的障碍前做出标准的战术动作。第一个卧倒出枪的动作，就难倒一批人。因为要求必须在3秒内完成，所以听到一声令下"卧倒"，就要快速侧身，左手掌肉厚部分擦向沙土地，同时左侧髋部侧倒在地，再快速右手出枪，瞄准。

才一个上午，有些队员就因伤退出训练。二队没事，安生发现了一个关键技巧，让大家卧倒时尽可能下蹲放低重心，这时触地，地面对身体的冲击就相对小很多。尽管这样，但各个都全身湿透，肌肉酸痛。

第二天集合时，陈教官发现大家都换了一套崭新的迷彩服，除了一队和二队还穿着全身灰土的迷彩服，且散发着昨晚没晾干的臭汗味。

"一队，二队，你们这么懒吗？"

"我们在比谁的迷彩服穿得久！"安生和陈棋异口同声报告。

陈教官硬是愣了一下，很快反应过来，装作若无其事的样子，心里却暗暗为自己手下有这样的兵骄傲。消息传开，全区队一下子兴奋起来，看热闹的不嫌事大，有事没事到一队和二队面前显摆。

"CCTV记者，采访一下，你们穿这衣服感受如何？会痒吗？我看着都感觉痒。"

"苦不苦，想想长征两万五；累不累，想想革命老前辈。"

有的刚刚还在一队面前说："坚持住，看好你们！"话音刚落，又跑到二队面前说："看好你们二队。"弄得大家哭笑不得。一周下来，看不出谁有放弃的迹象。

转折发生在一场小雨之后，雨不大，却对训练影响很大，原先干燥的沙土地，瞬间变成泥土，一次卧倒，全身是泥。课间休息的时候，一队陈棋队长过来找安生，把他拉到没人的地方商量道："能不能比赛先停两天，这鬼天气，大家全身是泥，估摸也得两天才能晾干，队员万一生病了可不好。"安生笑着说："你们一队军心开始动摇啦？"晚上，安生转述一队的意思，让大家讨论。

"继续穿呀，我这身材，瘦竹竿，天生就是晾衣架。"郑斌斌自嘲道。

"我不勉强大家，自己拿主意。至少我会穿到结业那天，那时，我会把这身迷彩服，像NBA退役的乔丹、科比的队服那样，高高悬挂起来。"安生想象着那个场面。

"很有仪式感！"大满和大家都一致赞同。

第二天集合，当二队全体队员身着沾满湿泥的迷彩服，成一字纵队出现在操场时，全场响起热烈的掌声，换了新迷彩服的一队队员也由衷地给他们鼓掌，连一向不苟言笑的陈胜利教官也不停地点头："二队，好样的！"结业那天，二队队员不舍地脱下相伴一个月的迷彩服。除了沾满灰尘、泥土、汗渍和血迹，这八件衣服，没有一件是完好无损的。

"丐帮兄弟们，今晚喝大碗酒吃大块肉去！"李大满振臂高呼。

结业晚宴，简约却很热闹，区队的学员除了向教官们敬酒，还纷纷到二队的酒桌前吹瓶。谁是No.1已不再重要，重要的是，区队里的每位新警，原先只是一块块孤零零的石头，散落在五湖四海，今天会聚在这里，碰撞出火花与激情。

才艺表演轮到二队时，在一片喝彩声中，郑斌斌走上前台，在麦克风前调了下预先准备好的吉他，唱起自己新写的歌《我们的二队》。

长城蜿蜒，昆仑巍巍。

我们的脊梁，我们的二队。

英姿飒爽，旗帜猎猎。

我们的方阵，我们的二队。

苦痛不怕，迷彩翠翠。

我们的兄弟，我们的二队。

哦，不问西东，无愧未来。

我们是二队，我们是兄弟。

安生沉醉其中，仿佛穿越了两千多年，回到春秋战国时的秦国，在朔风中，在马背上，和披甲执戟的勇士们，一起唱着"岂曰无衣，与子同袍"的战歌，奔赴远方。安生和李大满，头顶着头，仰面醉倒在草地上，仿佛把天当作穹庐、把地当作席毡。

"大满，你喜欢夏语嫣什么？"

"喜欢她尖尖的鼻梁、樱桃小嘴，喜欢她星星一样闪烁的眼睛。你呢？"

"我没看清她的脸。"

"你是害羞不敢吧，哈哈。"

第三章

1

安生和李大满一起分配到了大学城分局刑警大队。

郑威副大队长给他们开了欢迎座谈会，准确地说，是给这十多位新警讲了个故事：从前，有位妇人给她夫君做了双新鞋，她的丈夫是替人抬轿的，这天，他穿着新鞋抬轿，小心翼翼地看着路面，避开水洼和脏的地方，可是他有只脚不小心沾上了泥巴，后来就干脆不在乎了，随便大胆迈开步子，那双新鞋就脏得一塌糊涂。"你们都是新警，一张白纸，要清清白白，迈好第一步。"

他俩很庆幸，郑队亲自当他们两个人的师傅，手把手传授经验，经常为他们一点就通的领悟力大加赞赏："嗯，大学生素质高，上手很快，只要增加些实战经验，就能如虎添翼。安生，你有勇有谋，在刑警队里学好业务，将来前途无量！李大满，你上进心强，很好，但遇到问题要多思考，不能莽冲莽撞，刑侦工作要多用些脑子。"

安生和李大满跃跃欲试，都想尽快主办案子。郑队也有意让年轻人多锻炼锻炼，选了个"丢钱包"手法的诈骗案让他俩侦办。

"这起诈骗，最少两个共犯，一个假装不小心丢钱包，另一个在后面伺机等候上钩的人。虽然手法简单，但就是利用人性的贪念，屡试不爽。辖区已经发生好几起了，你俩一个主办，一个协助。"

安生和李大满都很珍惜这个机会，同时自告奋勇，都想当主办民警。安生没想到大满会和自己争，新警集训自己是队长，能力有目共睹，大满也一直支持自己，两人摸爬滚打，兄弟情深，理应支持自己。但李大满平常虽然大大咧咧，此刻也有自己的想法："郑队正在考验这批新警，我也想表现表现，你安生能力这么强，机会后面有得是，兄弟情深，就不能让着我点儿。"最后，看两人都没有退让的意思，郑队就指定安生主办，李大满配合。

"兄弟阋于墙，外御其侮。"两人为破获从警的第一起案件，放下不快，铆足了劲，除了睡觉，其余时间都在可能发案的地点蹲守。

"大满，这几天辛苦啦，破了这起案子，我请你吃佛跳墙！"

"大餐不敢，别到时候飞黄腾达了，忘记兄弟。"

"怎么说这种话，老同学，老战友。"

"开玩笑嘛。"李大满龇牙咧嘴。

中午，正是饭点，安生和李大满啃着汉堡，守在一家邮储银行门口。此时，有个四处打量的年轻男子，看到一中年妇女右肩背着包，走出银行，赶紧一边抢在她的前头，一边从口袋取出香烟。当他不小心掉出黑色钱包时，李大满感觉一股热血直冲脑门，正要上前去抓他，安生用手挡住李大满，使了个停住的眼色。李大满不解，但也只能听安生的。中年妇女看到钱包，正在犹豫要不要去捡，这时一个较胖的男子赶紧弯腰捡起了它，把女的拉到树下说了几句，就开始分钱。假装丢钱的年轻男子又折返回来，三个人开始有了争执，当女的从肩上挎包取出钱交给这名年轻男子时，安生向大满使了个眼色，两人分头一个漂亮的抱摔，最后人赃俱获。

"我明白了刚才为什么不让我先抓住丢钱包的小子。"

"师傅说了有同伙，你忘啦？人赃俱获，一网打尽，先把这起诈骗固定住。"

做完讯问笔录和受害者询问笔录，再整理好物证等，不知不觉已经通宵了。一大早，两人把整理好的案卷报给郑队。郑队很是欣慰地夸奖安生这么快破案，有头脑，旗开得胜，立即签名再报给分局领导，当天两名诈骗嫌疑人就被刑事拘留。

"功劳最后都是你的，恭喜啊安大刑警，旗开得胜，前程似锦。"李大满酸酸地说。

"军功章里有我的一半，也有你的一半。"

"请我吃'佛跳墙'吧，补偿一下我受伤的幼小心灵。"

"今天还不行，我要去嫌疑人供述的前几起发案地，寻找受害者，案件报警系统里，查不到这几起发案记录，应该是受害者当初没报案。刑拘时间才三天，得抓紧。"

"得了吧，我先回队里吃饭了。吃了好几天的汉堡都快吃吐了。"

安生马不停蹄地到几个发案地的显眼位置，贴上寻找受害者的启事，还没贴完，郑队的电话就来了，让他赶紧回队里。

郑队刚刚和李大满窃窃私语，看见安生满头大汗地走进办公室，马上打住，热情地招呼安生坐下："这个案件嘛，办得漂亮，干脆利落，下午写个取保候审的申请报告上来，早点结案，后面转直诉是法院他们的事情了。"

"报告郑队，这个案件还没办结，嫌疑人还涉嫌另外几起诈骗，再说了，这两人手法熟练，一定是惯犯，我们是熬夜才预审成功，又挖出几起，给我点时间，找到受害者，让案件真正水落石出。"安生解释道。

"咱们目前还有大案要侦办，年轻人要敢于挑重担！"郑队已经有些不耐烦。

"我们可先以结伙作案为由，向局里申请延长刑事拘留时间，到时候万一找不到受害者，再取保也不迟啊。"安生力辩。

"谁叫她们不报案，我们刑警队就这么点人手，手头还有那么多大案要办，没空和你磨蹭！"郑队提高了嗓门。

"取保了，法院起诉罚些钱，这两个惯犯就不用坐牢，对那些受害者公平吗？他们又去害人怎么办？师傅，您第一天就教导我们要走好第一步，别弄脏了自己的新鞋。"

"还会记得我是你师傅啊，刚学几天翅膀就硬了，你当我是你师傅好了！"郑队转向李大满，说："你也是此案经办民警，说说你的意见。"

安生已隐隐感觉到郑队对此案的微妙态度，昨天还祝贺我们旗开得胜，今天180°转变要草草结案，按师傅的业务水平，应该非常熟悉对这种连续作案的侦办程序，而且对这样的小案子表现出的关注程度，已超出正常的预期，一副不容置疑接近命令训斥的语气与平常师傅温和的语气判若两人。现在安生唯一的希望，就是大满站在自己这边："昨晚审讯时，一起和嫌疑人斗智斗勇，一个黑脸一个白脸，一个眼神就明白对方的意思，我们花了九牛二虎之力才扩大战果，不愧是一个战壕出来的兄弟。大满，我的好兄弟，和我站在一起吧！像宁愿被罚在雨中奔跑十公里那样支持我，像自讨苦吃天天天穿着又脏又臭的迷彩服那样支持我。"

安生用复杂的眼神看向李大满，他故意避开，对着郑队说："就按师傅说的办！"然后转向安生，劝说道："取保候审也是刑事强制措施，并不是放掉。"看到郑队满意地点点头，李大满嘴角露出不易觉察的微笑。

安生怎么走出办公室，他自己也不记得了，仿佛整个人悬在半空中，风一吹就散，浪一打就翻。当初新警集训时的冲天豪气和桀骜不驯，竟然变得如此不堪一击。安生把自己关在宿舍里，任凭大满"嘭嘭嘭"地敲着门。他们着急要的应该是那份签有安生名字的取保候审报告，而安生确实在写，标题却是：关于延长林宝平刑事拘留的报告。

2

安生背着双肩包离开刑警队大院时，李大满一直都站在宿舍的窗帘背后，看着安生落寞的背影，有些伤感，觉得对不起人家，关键时刻不仅没有站出来支持他，还不露声色地配合郑队排挤他。想想新警集训时，两人形影不离，何等意气风发，摸爬滚打，扛过常人难以忍受的苦痛，全队的人都认为他俩一起分配到刑警队，一定是天作之合、黄金搭档。而今，连离别，都没敢去送。其实李大满心里清楚，不是怕兄弟的鄙夷眼神，真正是怕被郑队看到，以为他和安生是一条船上的人，以后的前程就没指望了。安生的离开，对他来说或许是好事，免得将来有更多的小鞋穿，谁都明白个中缘由，只是互相保持默契不捅破这层纸罢了。

安生走出大院，停住，回头看了一眼刑警队大楼和楼前那棵高大的皂荚树，转身叫辆刚好路过的摩的，跨上后座。很快，摩托车左冲右突，消失在车流之中。李大满长吁了一口气，虽然心里敬佩安生敢跟顶头上司正面硬刚，但更庆幸自己能审时度势免遭同样的厄运，运气好的话，甚至可能成为郑队的心腹、重点培养的对象。这不，大深夜，临湖所把一名当场抓获的连续抢劫的嫌疑人移交给刑警队，郑队就把李大满叫醒，让他来主办这起案件。

敏感性强的人，都能紧跟当前的热点，什么是热点，领导的意思啊。什么是领导的意思，看最近有什么专项行动。当下，最热的当然是打击"两抢"的"利剑"行动，专项行动开展两个月以来，小飞贼是抓了几个，但这种连续针对学生作案的气焰嚣张、社会影响恶劣的督办案件，那绝对会引起分局甚至是市局领导的关注的，李大满感到这是安生走后，自己出人头地的好机会，绝不能辜负了郑队的栽培之意。

但是泡在医院一整天，除了查到身份证上陈家辉的名字外，其他有用的证据一片空白，要命的是，他一声不吭，一副死猪不怕开水烫的样子，任凭李大满和另一位协办的师兄怎么讯问都不开口，急得李大满要飚粗话。最后还是郑队想到迂回之策，让临湖所帮忙协助，看看能不能找到突破口。

当安生扶着嫌疑人去了趟厕所后，这个油盐不浸的家伙竟然在大哭一场后干脆利落地供述了所有作案过程。不一会儿，派出所老陆也把案发现场附近找到的白色运动衣、蒙面围巾、手机等物证打包送来，李大满觉得幸福来得有点突然，早上还阴云密布，下午就拨云见日，这个安生挺有能耐！郑队也大喜过望，除了夸奖李大满有进步外，不忘提醒他多学学人家安生，有勇有谋。李大满心里顶了一句："还不是你把他赶走的！"

郑队当场联系了《江城日报》的老朋友吴主编，请记者来报道宣传这起热点案件，吴主编也爽快地答应将派一位刚从北京高校毕业的美女记者夏语嫣来采访。一个普通的名字竟像电击一样，打在李大满的身上，这真是好事成双！李大满打通夏语嫣的电话，听到手机里传来甜美的声音时，激动得语无伦次。

"我，大满……李大满，初中时你的后桌。"

"'狱头'！你干刑警啦？没想到会在江城遇到。真是有缘千里来相会啊。"

"什么时候来采访？一起吃个饭。"

"明天下午要先去临湖所采访，应该是同一起案件。"

"那明天晚上一起吃饭，单独约你，不见不散！"

李大满选了一家离单位不远的音乐餐吧，环境挺好，二楼落地的玻璃飘窗，正对着街上苍翠欲滴的行道树，满眼绿色。可供四人用餐的桌子用青瓷色的桌布铺上，再垫上透明的玻璃，每张桌子上都摆放一盆吊兰，用古香古色的瓷盆装着。餐厅舒缓回响着世界各地钢琴名曲，偶尔有人聊天，也是压低着嗓子。

夏语嫣刚从临湖派出所安生的宿舍出来，就应约来到音乐餐厅。当她轻盈走进餐厅，临近一桌的人抬头看了她一眼，而后附近几桌正在喝着新酿生啤的男士，也停下手中的酒杯，朝她看过来。李大满向她热情地挥手，立即招来四周妒忌的眼光。

"《斯卡布罗集市》，这首钢琴曲此刻很应景哈。"夏语嫣看来心情不错。

"怎么讲？我的大才女。"

"《斯卡布罗集市》是60年代最受美国大学生欢迎的电影《毕业生》的插曲，影片反映刚毕业的大学生初入社会时的迷茫。"

"你是名牌大学大记者，要说迷茫，我才是。"

"都敢剃光头英雄救美，能有什么让你迷茫的。"夏语嫣扑哧一笑。

钢琴的和声让怀旧的氛围荡漾开来，夏语嫣闭上双眼，仿佛小镇上的欧芹、鼠尾草、迷迭草和百里香的香气，正扑面而来。

李大满点了一大桌海鲜，一个劲地往她碗里夹菜。

夏语嫣睁开眼睛，含笑说："如此献殷勤，说说正事吧。"

"公私兼顾，你在北方求学这么多年，回来多吃点海鲜，这个餐厅的海鲜是从海边刚捕捞来的，新鲜得很！"李大满从公文包里取出预先准备好的案件材料，递给夏语嫣，材料上重点需要突出的地方都已用荧光笔标记。

"不错呀，老同学，英明神武，智勇双全，人民的保护神！今天安生他们派出所都没介绍这么详细，他们对案件的侦破有提供什么帮助吗？"

"呃，派出所那边主要做受害者报警的笔录，还有就是提供点线索。我是这起案件的主办民警，打击'两抢'，是这时期我市公安工作的重中之重。"李大满转移视线，看到对面桌的一位男生用筷子夹了只天妇罗虾，往女生嘴里送。

夏语嫣对一张照片感到很眼熟，破烂的迷彩服，和安生宿舍里挂着的那件有些相似。李大满似乎预料到了："这套迷彩服，我在新警集训时连续穿了一个月，和队友摸爬滚打，从未换洗，我们向第一名的中队下战书，比看谁穿得久，见笑哈。"夏语嫣仿佛找到了灵感，自语道："有意思。"

3

吴同富教导员带着安生一起走进蔡所长的办公室，两位所领导的脸色不太好看。蔡所长把今天的《江城日报》往桌上用力一甩，气愤地说："你们给我看看，明明是我们派出所抓的现行，现在变成是他们刑警队的功劳了，而且饭都端到他们跟前，还不懂得怎么吃，还要请我让安生过去帮他们预审，这还讲不讲道理了？！"

教导员把报纸递给安生，安生低头浏览了一下，在"政法专栏"里，一篇署名夏语嫣的通讯报道占了大半版面，正标题是《青春在警营里燃烧》，加了个副标题：记大学城刑警队李大满刑警。通讯洋洋洒洒几千字，从一套破旧的迷彩服说起，以小见大，字里行间透露出这群年轻人的朝气蓬勃，尤其描写了李大满带领队友，一路克服艰辛，最终脱胎换骨走上工作岗位的事。"李大满为了打好从警第一仗，克服困难，有勇有谋，一举抓获近期连续抢劫的案犯，让终日惴惴不安的大学生得以静心学习，让'利剑'行动磨砺过的剑锋光芒出鞘。"

像在欣赏一件艺术品，安生感叹着夏语嫣的文笔，果然是个才女，仿佛夏语嫣正在给李大满讲解难题，她那么认真，嘴唇翕动，口吐莲花。

"又不是写你，还看得没完没了。"教导员抢过报纸，收好，说："我有责任，还以为夏记者是安生的同学，应该会重点报道我们所、我们民警，后续我又没跟踪好，最后变成刑警队的功劳了。下次我一定注意做好宣传工作，好马配好鞍，工作重要，包装也很重要！"

"好了好了，现在不是谈责任的时候，"蔡所长挥了下手，示意教导员打住，"那个叫李大满的，是你同一届的吧，怎么会有这样的同学？！兔子还不吃窝边草呢。听说市局领导会专程到刑警队慰问表彰，这次嘉奖你也别指望了，下一步，有什么打算？"

"陈家辉找失踪的儿子二十多年了，挺不容易，他的DNA已经入库了，希望渺茫。现在我想去邮局给他家里寄点钱，找孩子的事再从长计议。"安生把心中的想法说了出来。一向乐呵呵的教导员气不打一处来："你还想着帮刑警队他们擦屁股啊。"蔡所长摆摆手："随他去。"

安生大步流星地走进邮储大厅，按陈家辉身份证上的地址，填写汇款单，收款人写的是江大妹。

"用银行卡转账，实时到账，又快又便捷，现在很少人用汇款单寄钱了。"穿橄榄绿制服的窗口女工作人员轻声细语地提醒道。

"我没有对方的卡号。"安生不想多解释。

"请出示您的身份证。"

"可以不用填我的信息吗？也就1000块，没多少。"

"学雷锋不留名啊，对方您认识吗？友情提醒，小心诈骗。"

安生从兜里取出身份证，递给了她，便不再说话。等她全部办好，安生把回执随手往窗口的垃圾桶一扔，一脸狡黠地说："前几天警察抓了两名诈骗犯，就在你们邮储门口！"

走出大厅，外面天空瓦蓝，气温舒适，春夏之交，江城的大街上的年轻人已经穿起短袖了。这段时间的连轴工作，让安生处于紧绷状态，久违的闲情逸致让他有种超脱之感，明天就是五一节，可以连休五天回老家探亲，傍晚的车票都已经订好了。

手机铃响，还好不是所里的电话，此刻最怕单位来个紧急集合。计划赶不上变化，这是公安工作的常态，而且他已经提前向教导员打了探亲报告，教导员看他工作积极，也爽快地批准了。

是夏语嫣！安生的心一下子提到了嗓门，"这个'小葱白'葫芦里到底卖的什么药，临阵倒戈，把我的功劳往大满身上塞，嘉不嘉奖倒无所谓，反正这起案件自己心里有愧，不想从陈家辉的身上捞到利益，于心不安的东西，不要也罢。"倒是夏语嫣是否一直把李大满当成男朋友，这才是安生认真琢磨这则长篇通讯的原因。

"安生，下班有空吗？今天李大满被领导狠狠表扬，想饮水思源，请我吃饭，我想叫上你，一起宰他。"

"就我们仨吗？你在上班吗？"

"就我们仨，我现在就在他这儿。"

安生还在犹豫，电话那头传来李大满拉高的嗓音："语嫣，吃完饭，我再单独请你看电影！随便你宰。"

"不了，我已经订好回家的车票，你们玩得开心。"摁掉电话，安生感觉自己仿佛掉进冰窖，刚才还暖阳煦风，一下子变成夏日飞雪。所有的疑问，都迎刃而解，"明明案子是我破的，被李大满鸠占鹊巢，但笔是握在你夏语嫣之手，能移花接木写得如此深情，只有一个解释：私人感情占了上风。"

"不，不可能！夏语嫣把网名起成'夏虫语冰'，李大满就是那只从来没见过冬天样子的夏虫，夏语嫣怎么可能和他聊冰雪？自从那天，自己以'湖光十色'的网名加她为好友后，通过几次的聊天，明显感到夏语嫣是个教育背景很好的才女，不论书画音舞，还是文史哲思，样样精通，像她这样才貌双全的女大学生，到现在还没有男朋友，只能说明她性格高傲，不会轻易做李大满的女朋友的。"

"可是，初中时候，她毕竟是李大满的女朋友，尽管她从未确认，但同学们都这么认为。起初她也是冷若冰霜，自从李大满剃完光头，一篇声情并茂的《拥夏满怀》，后来她不也和李大满有说有笑，再碰上李大满这种死缠烂打、能说会道、脸皮比城墙还厚的人，结果只有认命的份儿。"

"那就让夏语嫣成为自己十四岁青春里的'小葱白'吧，在记忆中永葆清纯的模样，岁月偷不走，你李大满也甭想抢走！我还有'夏虫语冰'，虚拟的精神红粉，高蹈，快意江湖，我们无所不谈，可以跨越千年时光和先贤秉烛夜谈，可以破除空间藩篱和你——我的精神爱人，一起青梅煮酒，夫复何求！"

"可是，我怎么还是这么难受呢？"

从江城出发的班车，上了高速，一路特别平稳，车窗外的青山逶迤后退。进了隧洞，刚才还明亮的车窗玻璃，一下子变暗，恍惚间，夏语嫣美丽的笑脸，浮现在车窗上，她是那么卓尔不群，衣袂飘飘，宛如曹植笔下的洛神，乍现于洛水之上，"翩若惊鸿，宛若游龙"，只能遥望相隔，触不可及，唯恐她在记忆中会像沙画般瞬间被涂抹掉。车上播放着迪克牛仔的MV《三万英尺》，声嘶力竭，像替谁在一声声地呐喊。

......
远离地面
快接近三万英尺的距离
思念像黏着身体的引力
还拉着泪不停地往下滴
逃开了你
我躲在三万英尺的云底
每一次穿过乱流的突袭
紧紧地靠在椅背上的我
以为还拥你在怀里

　　从大巴换乘直达下湖村的公交后，又是一个多小时。不远处，大梦山像座卧佛，映入眼帘。山脚下的下湖村，第一次让安生强烈地感觉到家的意义。

第四章

1

你出生那年，湖面结着冰。

爷爷经常对安生这么说，让安生感觉自己的命运，早早地就和那片湖息息相关。下湖村就在大梦山脚下，历史上最初才几户人家，魏晋时期，北方人为逃离战乱，南下迁徙，陆陆续续在此落脚，发现这里山清水秀，适合繁衍生息，就定居下来。大梦山一遇到雨季，向下流淌的泉水逐渐细流成河，在山脚下湖村的低洼处，汇聚成一片小湖泊，其实只能算是塘，因为面积比江南许多地方的河塘稍大，村里的老人习惯称它为湖，就像在青藏高原，当地人都习惯把湖泊唤作海子一样，时间久了，就代代沿袭下来。

安生一直好奇，南方的湖面怎么会结冰呢？自打他出生起，每年天气最冷的清晨，他就会早早起床，溜到下湖边观察，除了伸手刺骨的冷水，从来就没见过它结过一次冰。但爷爷坚持这么说："那年冬天，天冷得出奇，好多人耳朵、脚指头都冻出疮了，你妈妈又刚好临产，时间紧迫，去镇里卫生院已来不及，就请村里的'赤脚医生'赖阿婆帮忙接生。外面天寒地冻，湖面都结冰了，屋子内你爸把煤炉点起，另外还添加了柴火，火烧得旺旺的。全家人都在隔壁屋焦急地等待，当第一声啼哭传来，赖阿婆报说母子平安，全家人都激动得快要哭出声来。"赖阿婆说："要高兴才对。"屋子里随即欢声笑语，从此全家人都记得，那年冬天，外面天寒地冻，湖面结着冰，屋子里头，柴火噼啪作响，温暖如春，一个小生命诞生了。

全中国最美的乡村在哪里？小时候的安生一定会说，是下湖村。这点不奇怪，念小学时，班主任班会课前做个投票调查，评选最美妈妈，结果出来，全班得票第一名的妈妈，获得两票，因为班上她有双胞胎的儿子。当然，安生觉得下湖村很美，并不完全是情感因素，其也确实有返璞归真之美。布谷鸟催耕时节，清晨的村庄，宛若人间仙境，晨雾笼罩，缭绕氤氲。沙洲上的树，若隐若现，和村民们刷白的两层平房，一暗一明，好似中国水墨画的意境。有时会有荷锄的庄稼人从浓雾里钻出来，他们是清晨早起赶在太阳出来之前先在农田里劳作归来的。黄昏，灌满水的水田，一垄一垄的，像奶奶裁剪拼接成的花衣裳，给大地披上开春的嫁衣。放牛的安生会坐在小山岗上，望着高脚的白鹭在水田里低头觅食，它们一飞冲天，就像戏台上的白衣书生，它们一动不动，就像在思考问题的哲学家。

念低年级时，安生可以说是无忧无虑，学习基本上都在本村村小完成，代课老师是个女孩子，高中毕业，没考上大学，就留在村里教书，年龄不大，童心未泯，经常和大伙聊县城发生的新鲜事，课后还会陪大家玩游戏。但是人总要长大的，成长有成长的烦恼。从三年级开始，下湖村的孩子都要转到上湖村学习。上湖村并不是在大梦山溪流的上游，反而在下游，更靠近镇上，交通便利，户籍人口也多，这样，怀着"此路是我开，此树是我栽"的心态，上湖村村民多少有些轻视下湖村的人，连上小学的小孩，也仗着本地人多，动不动就欺负下湖村转学来的孩子。

"安仔，昨天让你带的钱，带来没有？"李大满放学后拦住安生。李大满是上湖村村长的儿子，在小伙伴中威望很高，被推为孩子王，他们喜欢在下湖村来的同学的名字后加个"仔"，以体现居高临下的威风。安生因为父亲和母亲经常在外打工，从小一直跟着爷爷奶奶，首当其冲，成为重点被欺负的对象。安生侧身想跑，被个头大些的李大满一把扯住衣领，"嘶"的一声，白衬衫被扯破了，那是奶奶攒钱给他到新学校念书买的新衣裳。安生火冒三丈，和李大满抱在一起，其他小伙伴都吓得不敢作声，平常都被欺负惯了，哪敢反抗，毕竟在人家的地头上。安生第一次和人打架，他依稀记得爷爷教过他的应急防身之术——拱猪抱腿，就是用脑袋顶住对方的心窝，双手去抱对方的脚踝，两边相反一用力，李大满立刻四脚朝天，安生骑在李大满的腰上，一拳下去，把李大满打得鼻血直流。从那以后，李大满和安生竟成了好朋友，不打不相识嘛。

两人经常相约到下湖游泳，除了水深得连大人都站不住的湖中央，靠岸边的水域就是孩子们玩耍的天下。这里的水质清澈上佳，不仅给全村人供给饮用灌溉的水，还留给下湖村村民肉质鲜美的鱼虾。人们把网兜一段一段地投放在湖心，两天后，就可下水倒出卡在网兜里的鱼蟹等，他们感谢上天之赐。而孩子们则感谢上天赐给他们的游乐场，夏天一到，就跳到湖里扑腾，只要有大点的孩子带领，他们就天不怕地不怕，学着狗刨式，咽几次水就会了。

"安生，学我，躺在水面上。"李大满自创的仰泳术引起大家的好奇。

"不行啊，我会沉下去。"几个小伙伴泄气道。

"放松，什么都不用想，自然就浮起来了，很神奇。"李大满教着大家。

安生按李大满教的方法去做，展开四肢，把头压低，除了有意识露出鼻孔外，全身摊开，仰面躺在湖水上，任清水轻轻地在身体荡漾。天空一碧如洗，几朵白云像棉花糖，松蓬蓬的，被风一扯就断。安生内心腾空，全世界的烦恼都消失不见，仿佛自己与湖水合二为一，和那些白鳞的鱼儿一样，在清澈见底的湖水中悬空，他就是湖水，湖水就是他，能装得下整座天空。

2

爷爷因这片湖，开过枪。

他有一支锈迹斑斑的鸟铳，锁在自制的木箱里。安生小的时候，见过这把枪，应该是村民偷偷自制的那种，虽然做工有些粗糙，但用来打猎，还是可以凑合着用。枪筒用来装填铁砂火药的，击发撞针产生的能量，让铁砂朝目标飞去，再散开，杀伤范围大，但不致死，即便打到鸟，有的也会带伤振翅飞走。

奶奶说他是神枪手，弹无虚发，但安生从未见过他开枪，爷爷反而告诫安生，枪是血腥的东西，别碰。

奶奶才不管呢，偷偷告诉安生："这把枪是救命的枪，先是救了全家人的命，后来是救了全村人的命。"

"那年秋天，吃完公社的大锅饭，又遇到三年自然灾害，全国都在闹饥荒，我们家没什么余粮，稀饭稀得几颗米都数得清，为了挨过这个冬天，年轻时的爷爷拿起这把鸟铳，到下湖打南飞歇脚的候鸟，有野鸭、大雁等，每次回来虽有收获，但他总是唉声叹气，说一枪会击伤一群，有些受伤飞走的，不久也会客死异乡。这些鸟禽有灵性，长途迁徙时，会把老弱病残的族类安排在中间，领头破风的都是由最健壮的轮流来值守。有一次爷爷打伤一只雁，另一只竟不肯飞走，撞死在它的身边。过冬后，爷爷好几年都没再用枪。"

"直到几年后，因为干旱缺水，庄稼都晒蔫了，下湖的水也仅供人畜饮用。上湖村仗着人多，要霸占我们的湖，集合了一大帮持械的人，和我们下湖村对峙，眼看形势危急，爷爷回家取出了那把鸟铳，朝天放了一枪，才吓退这伙人，避免一场不必要的伤亡，全村人都把爷爷当成英雄。后来上面干部来调查此事，全村人都说不知道是谁开的那一枪，真有人开枪那也一定是上湖村人干的，来调查的干部看这个村铁板一块，没辙，这事就不了了之，从那以后，爷爷就让它一直锈到现在。"

安生说："枪是血腥的，但要看在谁的手中，在正直的人手中，公平正义才能得以捍卫。下湖，就像记忆的魔术箱，既收纳了爷爷一生的愧疚，也收纳了爷爷曾经的荣光。"

听长辈说，下湖有灵性，村里的后生们都不置可否。若不是安生十二岁那年亲眼所见，他绝对不会相信老人口中说的湖水有灵性。

那年夏天，明伯的儿子阿雄从广东回来，一身珠光宝气，头发油亮，一副暴发户的派头，叼着中华烟，腋下天天夹个黄皮包，丢几把糖果把村里的小孩羡慕得直流口水。村里都在传着他在外边赚不义之财，以打工赚大钱为名诱骗村里的年轻女性到广东做"三陪"。

长辈们看不下去，说："我们祖祖辈辈都是以耕读起家，香火越烧越旺。没有粮食了，你们吃啥？！你阿雄败坏乡约，按祖宗的规矩，是要罚跪的。跪在宗祠前，听长老训话，还要脱掉上衣，用鞭子抽打，皮开肉绽后才用草药敷上。即使伤口后来结上痂，也会留下伤疤，这样才会长记性，永不再犯。"然而，阿雄说："都哪朝哪代了，还兴这个，现在讲法律，讲证据，讲利益，讲发财了光宗耀祖。"任凭你苦口婆心劝说，都当作耳边风，把长辈们气得白胡子乱颤，只能说老天会有报应了事。

本来一物降一物，阿雄最怕的是他腰粗膀圆的老婆，他老婆当闺女时还算标致，身材窈窕，阿雄看着眼馋，软磨硬泡才把她娶回家，说她旺夫。等两个孩子呱呱落地，她的身材一变，像"喀秋莎"变成了木桶腰、大象腿的大妈。原先是阿雄天天黏着老婆，后来变成老婆天天追着他，只要一听说阿雄在外头胡来，就掐着他耳朵训话。阿雄某天灵机一动，变着花样让她开心，每次回乡就捎给她首饰名牌包包等，连丈人和小舅子的手机都打理好了，这下老婆也由着他去，不管他了，阿雄从此天不怕地不怕。

那天，安生和小伙伴们在湖里打闹，看到阿雄领着一帮村里的后生来到湖边做着准备活动。阿雄吹嘘着自己如何如何勇猛，有个强壮的后生不服，大家就起哄让两人比比看，现在就比游泳，看谁先游到对岸，输的人赔一条中华烟。小孩子们爱看热闹，纷纷拍手叫好，好不热闹。阿雄的斗志被彻底激发出来，相信自己过人的水性，小时候就是在下湖扑腾过来的，这片水域不知来回游过多少趟。

两人跳入水中，开始朝对岸游去，岸上看热闹的人大喊加油。刚开始两人不相上下，你追我赶，折到一片芦苇荡后面，大家的视线被挡住，过一会儿，只看见后生从芦苇荡中游出来，没有看见阿雄。大家以为他只是暂时落后，可是左顾右盼，还是见不到他的身影，这下大家开始慌了，纷纷游过去看个究竟，让人惊诧的是，根本没看到他，连个裤衩都不剩！要说溺水谁都不信，阿雄的水性年轻时在村里可是响当当的，就算他年长了些体力变弱，那也不至于喊救命都不会吧。更离奇的是，一连几天，连个尸首也不见浮起。只有他口口声声称会旺夫的老婆，对着岸上阿雄留下的那双鞋呼天抢地。

村里的老人说他是被老天爷收走了，报应，下湖是有灵性的，是大梦山道教里的照妖镜，能照出人间的善恶。

安生把那天阿雄游泳比赛的情况一五一十地告诉了爷爷，爷爷只是深邃地望着缥缈的湖面，意味深长地说："安生啊，长大后，对天地要有敬畏之心，人在做，天在看，做事无愧于心就好。"尽管安生长大后学业大有长进，也是坚定的唯物论者，但他始终都记着爷爷的那番话，也对那片湖，有了敬畏之心。

3

安生是被村里的动物们叫醒的，一会儿是公鸡"喔喔喔"地报晓，一会儿是看家的狗"汪汪汪"地吠叫，昨晚是昆虫"喓喓喓"地低鸣，这和城里头早晚听到的声音大相径庭，一下子从工业文明退回到农耕时代，安生自己想想也觉得好笑，从江城回到下湖村，空间的错位竟产生时间错位，人的感官如此奇妙，为什么没有哲学家思考这个问题呢。

奶奶早已准备好了安生喜欢的早餐，都是土菜，笋是山上挖的，豆腐是隔壁阿婆做的，酸菜是奶奶腌的，奶奶还趁早到菜园里摘了些油菜花的菜心，满盆绿油油的刚出锅的新鲜蔬菜，安生胃口大开，一扫而光。

"等下把养肥的公鸡也杀了，中午给你煲鸡汤。"奶奶一脸自豪地说。

"看把你得意的，天天问安生啥时候回来，养了这么一大群鸡鸭，安生一个人哪能吃得完。"

安生喜欢听爷爷奶奶讲话，只要一个说话，另一个总能接上茬。天天在一起，牙齿都能咬到舌头，他俩一辈子硬是没红过脸，甚至连一句大声的抱怨都没有。从成婚到现在，两人一天都没分开过，安生父亲曾让奶奶过去帮忙再带个小的，奶奶坚决不依，怕老爷子衣食住行没了分寸，其实这些都不是理由，因为他们早在洞房之夜就约好此生不分开。"执子之手，与子偕老。"两人没读过什么书，却坚守那些书中看似遥不可及的誓言。安生庆幸能在这样的家庭中长大，也憧憬着自己将来能遇见这样的好姑娘，与她相知、相爱、相守，一起老去。

"我出去走走。"

门前的那条小路，只能通过一辆木板车，宽度当初就设计好了，只要用人力木板车能运回一些谷物就行了。曾经凹凸不平的鹅卵石头路，现在改铺上水泥，顺畅了许多，安生总觉得缺少什么但也讲不上来。安生一路走到村尾的老榕树，这棵老榕树有几百年的历史，有些须根入土，又长成树干，真是一树成荫啊！安生一眼就认出手拿蒲扇的赖阿婆，赶紧上前打招呼。

"赖阿婆。您看我是谁？"

"春生？"

"您再瞧瞧。"安生伸出右手，让她边摸边瞧。

"春生他哥？"

"您再猜，我是您接生的，那年冬天，天很冷，湖面结着冰。"

"安生！"

"是我，安生。"

"我接你出来时，你像刚出生的小兔子，身子软软的、红红的，哭声可大呢，我记得！"

靠河边正在纳凉的叔婶们，闻到声音，都围了过来，七嘴八舌地向安生问好，打听省城的新鲜事，安生不厌其烦地一一回答，安生更愿意和长辈们这样近距离接触，不要有生分感。这次回来特意一身便服，尽管奶奶一再叮嘱着要穿制服回家，想多看看一身帅气的孙子，心情好了自然就能长命百岁，但安生还是逆了奶奶的意。他不想像上次那样一身警服，昂首挺胸地一路走过去，村里的叔伯姨婶们见了，只是勉强笑笑点点头，就怯生生地躲开了。

"我想到下湖看看。"安生转头告别。

"别去了，湖都快干涸了，那边山腰建了养猪场，用水量大，把水都拦住了，还一个劲地把脏水往下排。"

"村里都喝自来水，而且农田少了，也不需要灌溉的水，这湖没人管，只要养猪场效益好，啥事都不算事！"

"听说，房地产商打算在下湖的位置建别墅区，卖给城里人度假用，弄个小水洼，抬头大梦山，风景一样好！"

安生心事重重地走到下湖边，原先水位都能漫过芦苇腰身，现在河床裸露出大小不一的鹅卵石，只有湖心处还有一泓潭水，但已不是当初清澈的水质。安生感到心里堵得慌，刚才愉悦的心情一下子沉重起来，经济效益真的就那么重要吗？要是把下湖填平，建起别墅区，以后的下湖村人只能听说这个位置有个湖，不会再有人去追问它的灵性、它的传说、它的神秘。等所有人都忘记这里曾经有个下湖，这座湖，就真的死了。

晚餐，和爷爷对饮，不知不觉干完多半瓶青红酒。"家酿的青红酒后劲大，年轻的时候，我一人都可干完一瓶，现在老了，要去房里躺下。"爷爷起身。

"明天把枪上缴了吧。"安生有点不忍。这么多年，鸟铳虽破，却被爷爷视作过命的兄弟。

"嗯。"爷爷佝偻的背影显得无比落寞。

安生也走进自己的房间，QQ上线，呼叫"夏虫语冰"。

"今天想聊什么？""夏虫语冰"大方地回复。

"看过电影《恋恋风尘》吗？"

"当然看过，20世纪80年代，侯孝贤的经典作品，至今仍风靡全球。一对青梅竹马的恋人阿远和阿云，既有青春的憧憬，也有对未来的迷茫。在台北打工时困顿的环境并没有减少他们的快乐，因为他们拥有彼此。可惜两人最终没走在一起，看完总有一种淡淡的忧伤。"

"铁路穿过乡村，他们结伴上学，一起看露天电影。阿远一家缓慢地走在悬空的索桥上，身后是浩荡的青山。"安生回复，仍沉浸在电影唯美画面的回忆中。

"导演的长镜头、空镜头手法，确实展现了我们回不去的缓慢的农耕时光。'湖光十色'小朋友，你喜欢哪个桥段？"

"我喜欢结尾部分，阿远失恋后，和阿公聊台风要来了，这时镜头转向远处的山峦，太阳不断地移动，山峦的阴影也在变幻，仿佛阳光在抚摸一个人的忧伤。人世风尘虽苦，但我们永远无法绝尘而去，而要用力寻找裂缝透出来的光芒。"

"'湖光十色'，我喜欢和你聊天。"

"就只聊天吗？"

"你坏！还想有啥？"

"五一放假去哪里玩呢？"

"和同学吃吃饭，看看电影，逛个街。"

"男朋友吧。"

"不告诉你，你呢？"

"回老家。"

"为什么？好玩吗？"

"因为，我也失恋了。"

第五章

1

周一所里的晨会，八点半准时在三楼会议室举行。靠东的墙壁和桌面，摆满了临湖派出所近几年大大小小的荣誉，因为空间有限，有些文体等不是很重要的奖牌，暂时搁在了木地板的角落上。进进出出的民警，无论是本所的还是兄弟单位的，一眼就能望见，都会不由自主地对这个集体产生敬佩之情。安生蛮佩服蔡进所长，虽然晨会每天一大早必开，让人无法睡懒觉，即便前一天晚上加班不能到会也要做好报告，有时感到烦人，但想想一个所长，每天都要处理全所大大小小的事务，竟能风雨无阻地做好表率，从不迟到，确实不容易，下面的民警更不敢迟到了。

"今天的早会很重要，关系到我所、分局乃至市局的荣誉。上级每次有任务，我们所都会成立临时青年突击队，不管是年轻同志，还是老同志都抢着报名，都能超额完成上级布置的任务，局里也很重视我们所的建设，把年富力强的同志优先分配到我们所，现在三十五岁以下的民警占比快百分七十，局里交给我们一个艰巨而又光荣的任务，让我们所争创'全国青年文明号'！请教导员具体部署一下工作。"蔡进所长踌躇满志地动员道。

"争创'全国青年文明号'，是上级对我们所的信任，大家要团结一心，一定要拿下！为了做好年底的迎检工作，大家把近两年的个人荣誉、工作事迹整理一下，交到我这边。"接着，吴同富教导员把具体工作分解到相关人员。会议结束时，他把安生留了下来。

"五一前你给抢劫的那个人，叫什么来着，汇款了没有？"

"陈家辉，汇了。"

"回执给我留底，这次迎检，写个捐助贫困辍学儿童的材料。"

"我扔了。"

"扔了？！就知道你小子这副德行，还好昨晚我想个备份。和蔡所长商量过了，给你三天假期，到他老家，送些生活学习用品，拍些照片回来，后续我们还可以继续对接。"

这个消息很是出乎安生的意料，实际上安生给他汇款，既有同情的成分，也有试图减少自己内心歉意的意图。他不想再从陈家辉的身上获得哪怕是一丁点的利益，只想快点帮他找到被拐走的孩子，从警的第一起案子才算圆满结束，要不，这会成为心里永远的疙瘩。可是现在，所里安排他去陈家辉老家，说是帮助人家，实际上还不是为了所里的荣誉，这只会加重安生的心理负担。安生短暂地思考了下，觉得还是去一趟吧，看看他家里现在的情况如何，多多少少都会帮一点，对人家也是一种慰藉吧。

看安生还没表态，教导员乐呵呵地说："别想那么多，先走一趟，咱们量力而行。也不是你一个人去，给你配了美女记者，还是上次的夏记者，这次跟刑警队没关系，说不定人家还想补偿上回报道的事，男女搭配，干活不累！"

"为什么是她？能不能换个记者？日报社随便其他记者都行！"安生极力想避开夏语嫣。

"你还挑三拣四，三天的行程，基本都在路上，你以为是去丽江旅游啊，这活除了新来的记者，谁愿意干！是吴主编卖给我个人的面子。"

丽江，丽江，古老传说之城，爱情邂逅之城，曾经无数次听说它是旅友一生中必去的打卡点，也是无数情侣朝思暮想的梦幻地，都希望在人生旅途中，能和心爱的人在最浪漫的圣地，有着共同的时光交集。只是在当下情境，和夏语嫣，简直就是和不对的人去办并不恰当的事，安生不由地感叹，人生就是这么阴差阳错。

在机场候机大厅，安生一眼就认出了夏语嫣，因为她装扮得有些夸张，除了脸上化了淡淡的妆和一身素白的衣裤，主要是她头上那顶深蓝色的遮阳帽，大得都能遮住整个身子。

"大海蓝色的波涛下，有一条美人鱼，正向我们迎面游来。"安生打趣道。

"嫌我帽子大吧，云南是高原，紫外线强，我们女人只要美丽。"

在昆明长水国际机场下飞机后，两人又去赶昆明开往丽江的动车，因为所里经费所限，只能选一个比较经济的交通路线。

"很抱歉，辛苦你啦。"丽江动车站点刚到，安生长吁了一口气，抱歉地说。

"我又不是娇生惯养的大小姐，和老同学在一起，心情很放松。"夏语嫣笑着说。

"以前有来过丽江吗？"

"大学暑期时有来过云南，志愿者，关于亚洲象保护的课题。本想让丽江留着将来和懂我的人一起来，没想到今天提前了。"夏语嫣还是那样，心直口快。

"我要是换成李大满就好啦，他很会哄人开心。"安生酸酸地说。

"说什么哪你。"夏语嫣娇嗔道。

赶了一天的路，终于在太阳落山之前，两人找了一家云南当地特色的餐馆用餐。在丽江，抬头就可眺望远处的玉龙雪山，陶渊明"采菊东篱下，悠然见南山"的惬意油然而生。积雪像一顶白色的冠帽，戴在青山头上，雪水融化时，汇流成玉河，喂养丽江的生灵。

"玉龙雪山是纳西人的神山，传说是纳西族保护神三朵的化身。可惜气候变暖，雪线明显收窄，上去的人回来说已经看不到厚厚的积雪，网络图片上的美景，也只能在图片中存在，像濒危的物种，将来只能在标本里看到。"安生不无遗憾地说。

夏语嫣嘴巴正在吸溜一根鸡豆凉粉，闻言放下木筷："不管它怎么变化，永远都被纳西族人奉为神山。"

"云南最神奇的雪山，要数香格里拉的梅里雪山！"安生坚定地说。

"说说看，神奇在哪儿？"

"你先说说，你的亚洲象保护项目。"其实，安生对夏语嫣的项目更感好奇。

夏语嫣正提着筷子，不知下一个该夹纳西烤肉还是东巴烤鱼，干脆放下筷子，给安生讲她当志愿者的事："萌生这个想法，是在我和父母第一次去西双版纳旅行后产生的。一次骑象体验，我正兴奋地坐在大象的背上有说有笑，突然身边一头老象轰然倒地，摔倒的游客被工作人员救起，而那头老象再也起不来了。现场有个阿姨讲，这是它最终的命运，活泼机灵的年轻小象都在游乐场表演节目，替主人赚钱，待遇尚好。只有这些没有利用价值的老象，才被圈到这里载人，每天不停地走呀走呀，吃不好休息不好，直到哪天轰然倒下再也起不来。"

"后来我在大学里发动成立亚洲象保护志愿者协会，经老师帮忙联系到云南动物保护协会，我们每年暑假都会定期到西双版纳，配合当地公益组织，做些保护亚洲象的工作。比如它们毛少，容易生皮肤病，就需要帮助大象洗澡或做泥浴。现在它们也快成濒危动物了。"夏语嫣的脑海里浮现出两千多年前亚洲象遍布祖国大江南北的盛况。

安生有些震撼，整理了一下情绪，也讲述了念大学时一位云南同学说的梅里雪山的故事。梅里雪山与西藏的冈仁波齐，青海的阿尼玛卿山和尕朵觉沃并称为藏传佛教四大神山。珠峰高度是8848多米，而梅里雪山主峰卡瓦格博峰只有6740米，却成为地球上唯一一座没有被人类征服过的高山。据说，1987—1996年，梅里雪山先后迎过9次攀登探险，可惜的是都失败了。其中，1991年还发生了一次造成17人死亡的山难。

从此，当地不准任何人再攀登神山。

2

　　两人聊得痛快，走出餐馆，外面已是瓢泼大雨，一点也没有停止的迹象。丽江的天气真是一点兆头都没有，经常早上还万里晴空，傍晚就来一顿豆大的雨珠往你头上砸，像孩子的脸，说变就变，有经验的当地人，出门都会带把雨伞。

　　安生网上预订的客栈是特色民宿，就在丽江古城内，只要穿过四方街左拐就到了。走进街口，老水车虽没有转动，却仍给古城增添了几分回归田园的情趣。沿着排水的沟渠，一路上店面的广告牌古香古色，有卖手工艺品的，有订制银器的，还有卖纳西族手工刺绣的服饰，但都关门打烊了，对于爱逛街的夏语嫣来说，难免有些遗憾。

　　这个时点，是一些人下班休息的时间，对于另一些人来说，却是夜生活的开始。安生虽然听说丽江是艳遇之都、酒吧之城，但身临其境仍为之咋舌。石板路边，酒吧一条街果然名不虚传，暧昧的红灯笼和激情四射的DJ音乐，让气氛一直保持高潮。狂欢的男女沉溺于酒精的放纵，寄情于歌声的诱惑，让过路的人都忍不住多看一眼。

　　"要进去坐坐吗？"其实安生也没有这个兴致，感觉很吵。

　　"找个酒吧坐吧，避避雨，雨下得太大了，伞都没用，裤管淋到了。"

　　虽然五月了，但在高原，又是一场不期而遇的暴雨，尽管两人各带一把天堂雨伞，还是会感到一阵直钻心头的寒意。安生看到一家叫"转角爱"的酒吧，人不多，台上有个男吉他手在驻唱，头发快披到肩膀，遮住了大半个脸。安生领着夏语嫣选个两人桌坐下。

"喝什么，来些烈酒？都到艳遇之都了。"安生故意装作一脸正色。

"谁怕谁，有警察保护，本姑娘谁都不怕！"面对安生的吓唬，夏语嫣没有服输的意思。

"那就来两杯草莓黛克瑞，用草莓来见证我们的友谊。"安生点完不久，服务生就端了上来。

夏语嫣嫣然一笑，一副胜利者的表情，用吸管轻吸一口，溶在清凉冰砂里的草莓果饮，果然口感上佳。"离开初中学校后，走得匆忙，没有跟你们道别，实在抱歉。你们会想起我吗？"

"你走后，李大满可是天天发呆，花痴一个，着魔了。经常对我说的一句话就是，要是夏语嫣在的话就好了。上了初三毕业班，我看不对劲，就对他说，夏语嫣喜欢当警察的男朋友，要有人保护她。从那以后，他就和我较劲，看谁上红榜的次数多。这不，比到江城警队了。"

"他写的作文可真逗！"夏语嫣的脸微微一红。

安生知道是指哪一篇，就是差点名满天下的《拥夏满怀》，心想："唉，谁叫人家用明喻，自己用了暗喻，性格使然，命运殊途。"安生感觉内心还是会痛，转移了话题，"但愿明天顺利吧。"

"明天我怕见到痛哭流涕的场面，失孤的痛苦，常人无法理解，网络报道，找到的概率微乎其微。"

"一线希望，绝不放弃！"安生笃定的眼神让夏语嫣一颤。

尽管外面下着暴雨，两人还是起身去投宿，不敢拖太久。

石板路上的垃圾箱旁边，一位老妪在翻动着垃圾，把找到的塑料瓶装进蛇皮袋，微驼的背让本就矮小的她，变得更加瘦小。本来安生在夜色中是不会注意到她的，因为是暴雨，她没有雨伞，一条条粗大的雨线像鞭子一样抽打着她。她为什么不去避雨？难道感觉不到冰冷吗？可能是收满两大袋的塑料瓶，收获的喜悦让她对一盆一盆浇在身上的雨一点也不在乎？

过路的人都撑着伞，埋头赶路，偶尔有人看到她，也只是匆匆一瞥。安生看了有些不忍，想上前把手上的伞送给她，自己和夏语嫣共撑一把，可是他慢了一步，刚出酒吧的夏语嫣也看到了，她没有犹豫，直接把伞递给老妪，安生赶紧跟上，用自己这把帮夏语嫣遮雨。

让安生没想到的是，她把脖子一歪，用脖子和肩膀夹住夏语嫣的红色雨伞，空出的两只手各提一个蛇皮袋，惊喜地问："送给我吗？"

"晚上注意安全！"雨声很大，夏语嫣怕她听不见，大声喊道。

望着老妪像蚂蚁搬家一样，一扭一扭地拖着袋子和被暴雨打歪的雨伞，安生一阵唏嘘："这个世界，我们看不上眼的一点生活小费，对有的人来说，却比身体的健康还重要。看似一些本末倒置的事情，背后都有其存在的逻辑。"

安生把雨伞偏向夏语嫣，宁愿让自己的右肩被雨淋到。两人都不说话，此刻都在想着老人在雨中淡定的神情和落寞的背影，她对大自然的灾降和生活的困厄淡然处之，她要用空出的手和一再下沉的生活较劲。

当两人终于找到预订的"等风来"客栈，前台的服务小妹抱

　　卡佛的鱼群

歉地说："还以为这么迟不住了，周末客人多，现在只剩一间了，预订的钱可抵房费。"

安生正想发火，夏语嫣倒坦然地说："是我们耽搁了，下雨天又这么迟，其他客栈也不好找，克服一晚上，没事。反正有人打地铺。"然后朝安生吐了下舌头。

这下反而是安生低着头跟在夏语嫣的后面。夏语嫣低跟时尚的凉鞋，尽管一步一步轻踩木质的楼梯，还是会发出清晰的声响，每一声都让安生感觉，它就是世上最动人的音乐，让安生的每一根神变得敏感，获得舒张的畅快。如此近距离地跟上楼梯，时不时地会闻到她身上留下的香水味，这种香气和她在宿舍采访时留下的香气一样，淡淡的，茉莉花的清香。其实，刚刚在和夏语嫣共打一把伞的时候，安生就有些心猿意马，因为两个要挤在一把伞里，所以手臂偶尔就会碰到，她的右手臂就像莲藕，但又比莲藕更有弹性。还能闻到她的体香，这绝对不同于香水的香，是那种能让人安眠的香气。据说看一对情侣将来是否意气相投，只要闻闻对方身体自然散发出来的味道就能判断两人是否适合，如果感觉不好闻，两人将来一定会吵架；如果什么也没闻出来，两人就平平淡淡过完一生；如果你觉得对方身体会散发出迷人的香气，那么恭喜你，你找到了人生最好的伴侣。

夏语嫣放下行李，直奔淋浴间。哗啦啦的流水声让安生静不下心来看电视，只是不停地换着频道。等夏语嫣出来时，都快过了半个小时。女人真是慢，安生心里想。轮到安生进去洗澡时，一束热水像天女散花一样，从头冲下，冲去了一天的疲惫。长这么大，第一次和女生在同一间房睡觉，在同一间房洗澡，尽管洗澡时间有先后，但这一幕却是安生从来都不敢想象过的，以前有幻想过如何牵手，如何亲吻女孩的额头，最多也只联想到在茫茫大海中，在航行游轮的甲板顶端，像杰克和露丝那样，从背后抱住她，一起笑看天边的落霞。

安生没想到此刻自己竟然会有如此邪恶的想象，夏语嫣是自己的同学，是好兄弟李大满的女朋友，对她产生这种不该有的幻觉，就是不对。想想她送伞给拾荒者时认真的样子，她还主动当过志愿者，去帮助那些濒危的大象，所有这些毫无功利的举动，都证明她是个善良的、与众不同的姑娘，比初中时清纯的"小葱白"更增添一种由里到外令人无法抗拒的美。

一晚上，两人一个睡床上一个睡地毯，倒头就睡。清晨，因为考虑当天的行程安排，安生先醒过来。古城的清晨真安静啊，可能经过昨晚酒吧的酣畅，游人尚在梦乡，只有窗外清脆的鸟鸣和潺潺流水声，伴着柔和的晨光，钻进窗口。房间布置成民族特色，古代原始人的壁画，线条简洁，透出原始的野性。中式栅格条的木架摆设，让房间有种返璞归真的味道。夏语嫣一身粉色睡衣，正舒展手脚，在一张绣有玫瑰的被单上酣睡。瓜子般的脸蛋，稚气未脱，写满祥和与平静，长长的秀发散乱在枕头，有些遮住了脸，反而更显妩媚。安生甚至都能听到她轻微的呼吸，仿佛在搅动着晨光，让光线跳跃起来。要是自己是个大艺术家就好啦，像罗丹那样，任模特自由走动，在最美的瞬间定住，安生非常赞同这种追求自然与本真的艺术理念，此刻，睡梦中的夏语嫣，不就是最美的艺术写真？

"你在偷看我，讨厌！"夏语嫣醒来时，发现安生在痴痴地看着自己，赶紧随手整理了下睡衣。

"我要是坏人，也不会一晚上睡在地毯上，腰背都感觉有些酸胀。"

"昨晚辛苦你啦，早餐我请你。"

"秀色可餐，不吃也罢。"安生露出贼笑。

3

两人下了车，进了古城派出所。安生给值班民警出示了警官证和单位介绍信，又介绍下夏语嫣，就开门见山地说明此行的目的。希望当地派出所能随派个社区民警，一起到陈家辉家中走访，见见其妻江大妹，看看能不能结个"帮扶对子"。

"对不起，江城的兄弟，难得这么远跑来，辛苦啦。这个社区是由魏飞警官负责，他早上办案，要到中午才能回来。我先跟他联系一下？"值班老民警热情地说。

"要不咱们兵分两路，你在所里等他，我上街去给她女儿买些学习用品、衣物等。"夏语嫣建议道。

"别走远，记得打发票。"

等到风尘仆仆的魏飞回到所里时，已经快下午两点了。双方寒暄后，魏飞介绍了陈家辉家中的情况：接手这个社区的时候，老民警有说过，二十年前，陈家辉夫妇生个儿子，叫欢欢，一家人搬进新房没多久，有一天，江大妹把欢欢放在小区外面的一个摇摇车上，自己跑去买东西，回来时发现孩子被人抱走。后来怀疑是熟人赵某所为，报案后公安依法拘押了他。经多年的追问，赵某才说出孩子被卖到江城的线索，夫妻俩赶到江城，边打工边寻孤，一无所获，妻子只好带着新出生的小女儿回来，兼着照顾陈家辉的老母亲。近几年江大妹得了间歇性精神疾病，没钱看病，女儿下学期就要念初二了，听说准备辍学打工。这些年只留下陈家辉一人一边赚钱，一边在江城寻孤，没想到竟会干出这种傻事！魏飞说完，难免一番唏嘘。

"不远，小巷走一段就到。"魏飞在前面引路。

不管是大城市，还是小县城，街区一般都有个共同特点，沿街好的地段，高楼林立，商铺繁华，只要顺着小巷子往里走上几百米，就能见到城市过时陈旧的另一面。江大妹的家也不例外，一路上，拥挤的巷子仅容自行车双向通行，逼仄的光线让石板路有些湿滑，有的居民把自己的民房改造成小店铺，面朝巷子，做些修修补补的匠活。因为是周末，偶尔房子内会传出催促孩子写作业的训斥声。

"就是那间棚屋了，陈家辉的母亲就坐在门口。"魏飞向右前方指道。下午的阳光斜照在青灰色的砖墙上，一位老妇干瘪的脸，特别黝黑，背有些驼，她用空洞的眼神，打量着正在晾晒的空塑料瓶和一顶红雨伞。

"那不是昨晚被暴雨淋透的老人吗？"安生一眼认出那把红雨伞。也许是因为老人平安无事，也许是来得太突然，夏语嫣激动得说不出话来，只是点了点头。

老妇听到声音，转过头来看他们三个陌生人，估计没认出来，还以为是过路的游客，习惯性地露出慈祥的微笑，凹陷的脸颊显示她已经没有牙齿了。安生感到特别温暖，昨晚略显伤感，现在所有的阴霾都被她善意的笑容冲得一干二净。世间最美好的语言就是微笑！此刻，尽管没有任何语言交流，但他们相互间的微笑和点头，让这个原本不安的下午变得明朗起来。旁边的女孩乐乐看到家中有客人来，羞涩地到里屋叫出头发蓬松的妈妈。

"江大妹，您好！我是段警小魏，这两位是从江城来的。"魏飞对着从里屋慌忙走出来的女人说道。

"安——生——"略显憔悴的江大妹，嘴中蹦出两个字。

一行的三人全愣住了。魏飞认为江城的同志是第一次来，要不也不会等了老半天让自己来领路。夏语嫣认为安生连昨晚的老人都不认识，怎么可能会知道她们一家。他俩惊讶地望向安生，安生更是一脸蒙，做出无辜的样子，心想："自己和江大妹一家今天是第一次见面，相隔千里，怎么可能会认出自己，还准确地说出名字？！"

"我们从江城特意过来看你们一家，我是警察，侦办陈家辉案子的，她是《江城日报》的记者，受陈家辉委托，我们来了解您被拐孩子的情况，另外看看有什么可以帮助的。"安生说明来意。一路穿过巷子的时候，没见到什么年轻人，基本上以留守的老人为主，这些旧屋子有些年月了。屋内除了一些简单的生活用品外，几乎没有什么电器，三人把早上买好的学习用品和衣物，放在面前的方桌上。

江大妹似乎瞧出了他们的疑问，请客人坐下，等小女孩把倒好的开水端到桌上，这才开始幽幽地讲起自己的事情。"二十年前，孩子在小区外头被姓赵的抱走后，他爸发了疯似的找，印了许多贴有孩子放大照片的寻人启事，见到照片的人都说，这孩子白白嫩嫩的，笑起来多可爱啊，我们听了更伤心。派出所、镇政府、报社，我们都求过了，他们也答应帮忙寻找。我们还走遍附近的所有邻居，后来有人说看到姓赵的这个天打雷劈的混混抱个小孩走了，报案后，公安把他抓起来，他还是不说，直到关了几年放出来后，看我们一家为了找孩子连新房都卖了，才良心发现告诉我们，欢欢被卖到江城去，但是买家具体什么情况就不清楚了。我们夫妇动身去江城边打工边找孩子。孩子的臀部有个胎记，但那个位置隐蔽，无法辨认，只好在当地到处打听哪家有抱来的孩子。有好心人帮忙上网发帖进群寻找，有一次，听说江城的一个农民家里孩子是抱养的，年岁和欢欢差不多，我们上门去认，人家拿着棍棒把我们打出来，报警后，验到他臀部根本没有胎记，孩子没找到，害得人家家里鸡飞狗跳。后来没办法，孩子奶奶岁数也大了，我们又生了个小女儿，我就先回来，孩子他爸继续留在那寻找。"

"孩子刚丢失的前几年，我是天天哭啊，整天以泪洗面，虽然他爸没有责怪我，但我知道都是我害的，那天我要是没有让孩子自己坐摇摇车，也不会酿成如此大祸。这几年我不再哭了，可能女人这辈子的眼泪就那么多，已经被我哭干了。我的心变硬，对所有的苦都已经看淡了。本以为就这么过下去吧，不知道我前世造了什么孽，老天爷并没放过我，我的精神开始恍惚，发病时，总认为是女儿乐乐把儿子给看丢的，我就气啊，用手掐她，用扫帚打她，等我精神恢复时，看到女儿身上青一块紫一块的，才知道是我打的，孩子安慰我说，没事的妈妈，不疼的，只要爸爸找到欢欢，你的病就好了。当女儿用又青又肿的小手，抚摸我的脸时，我们母女俩就抱在一起失声痛哭。"

"找到孩子是我们一家人活下去的唯一希望。前一段，孩子他爸兴奋地打电话回来说，孩子有眉目了。江城有个叫'阿彪'的人，神通广大，说只要给他五万块的辛苦费，就能告诉我们孩子的下落，连姓赵的名字和胎记都能对得上，我们一夜没合眼，高兴啊，可是也愁得一夜白头，到哪儿找这五万块呀，前些年，为了找孩子，四处奔波，卖了房，积蓄也全花光了，打工赚的那点钱也是入不敷出，最后加上借的才凑到三万。他爸打电话说这事不用我再操心，他来想办法，我还以为他继续打工慢慢凑，谁知道他等不及，竟干出这等傻事！我知道这件事时，是在收到江城刑警队寄给我们的拘留通知书后的。那一刻，我大脑一片空白，不知道下面该怎么办，孩子他爸是家里的顶梁柱，他倒下，这个家也就倒了。有个声音在我脑子里说，死了算了，这个世上没什么可留恋了。是啊，一个人最怕失去希望，孩子没希望了，他爸进去了，我活着还有什么意义！"

"第二天下午，阳光灿烂，我买了大量的安眠药，走出药店时，却感觉钻心得冷！乐乐上学去了，已经跟老师打过招呼这学期念完就不念了，奶奶去酒吧街拾别人扔掉的塑料瓶，家里刚好只剩我一个人，我想就这样睡下去，不用再每天睁开眼睛去面对这些烦心事。我取出了药，一把。当我就要和着温水吞下去的时候，有人敲门，门口邮递员送给我一份汇款单，上面清楚地写着我的名字——江大妹，落款是安生。就像密不透风的乌云层漏下一束光亮那样，那一刻，我明白，这个世界，还是有人在关心你，只要你不放弃，就会有许多熟悉的、陌生的人来帮你！"

"谢谢你，陌生人，谢谢你，江城来的安生！"

第六章

1

回到酒店，已是华灯初上。

窗外，夜幕下的古城隐去棱角，仿佛被夜色熨平了，酷似一泓幽静的湖水，悬于半空，那些流动的车灯，像鱼群闪亮的鳞片，熠熠生辉，今夜，有多少人在等着它们回家。安生忽然想起雷蒙德·卡佛的小说，其中一篇《第三件毁了我父亲的事》刹那间浮现在脑海。"欢欢，欢欢"，安生嘴里念叨着，意识流里却闪现出另一个场景——

卡佛的鱼群!

人在一生里，所能给父母留下的最美好的馈赠，莫过于童年了。如果这段记忆游失，像器官一样，被强行摘走，那是多么残忍的事! 将来这世界消亡的方式不是一声巨响，而是一阵呜咽。

安生在QQ上看到"夏虫语冰"的留言:只有一串表情包，全是大哭。今天下午江大妹平静的叙述，像小时候用木桶打水时，从深井里传出岁月深沉的回音，在三个人的心中荡开涟漪。回酒店的路上，夏语嫣不吭声，安生也不知道该从何说起，似乎猜到了她会上线找"湖光十色"倾诉。安生回复一串拥抱的表情图。

"今天在丽江采访一个失孤的家庭，原本以为她们会控制不住情绪在那大哭，时间紧，怕采访不成功，没想到人家很平静，自己倒流泪了。你会不会笑话我？"屏幕上跳出夏语嫣的文字。

"卡佛的鱼群。"安生敲出简单的几个字，相信懂的人自然会懂。

"卡佛的鱼群？"

"《当我们谈论爱情时我们在谈论什么》，这本书读过吗？其中有一篇《毁了我父亲的第三件事》，读过，你就能明白我的意思。"安生没想到书借出这么久，夏语嫣竟然还没读。

"同学送过我一本，最近忙，没空阅读。"

"送？明明那天是借给她的，怎么变成送了？女人就这么不讲理吗？"这回是安生糊涂了。

"老吾老以及人之老，幼吾幼以及人之幼。只有心地善良的人，她的心才会像一面镜子，还原出别人的痛苦。"安生回复。

"希望镜子的还原，是分担痛苦，而不是复制痛苦。"

"能够叙述出来并被倾听的苦难，不再是苦难；能够共情并被抚摸的痛苦，也会减轻其自身的痛苦。"安生继续安慰。

"是啊，随行的段警答应帮忙去当地社区、街道反映情况，帮她申请低保补助。她家中的小女孩才念初一，特别乖巧懂事。让我想起每天上班路上都会遇见的一个小女孩，她没有头发，戴顶丝帽，坐在轮椅上，由妈妈推着，清晨的阳光透过枝丫打在稚嫩的脸蛋上，本来这样的年龄，应该是早晨八九点钟的太阳，在风中奔跑的年纪，却只能坐在轮椅上。我有时候会怕，怕哪天周一上班的那条人行道上，再也见不到她坐着轮椅去医院看病。"夏语嫣仿佛找到了倾诉对象，一股脑地说出心中隐藏的心事。

"一切都会好起来的。云南号称彩云之巅，有想去哪儿玩吗？"安生试图帮她赶走内心的乌云。

"当然是洱海！很奇怪，它在我梦中不止一次出现过，背靠苍山，波光迤逦，像一位贤淑的女子，嘴角含笑，默默地望着我。"

"将来会有机会的！晚安，'夏虫语冰'小朋友。"

刚起了个开心的话题，对方又匆忙下线，夏语嫣嘟囔着嘴，有些失望。洗漱完，躺在床上，懒洋洋翻阅床头的游记画册。门外传来敲门声："开门！"是安生。

"自己有房不睡，还想过来睡地铺？"夏语嫣打趣道。

"宁可今晚不眠，在洱海边吹风，也不想在这打地铺。怎么样，有没有兴趣？"安生一脸坏笑。

夏语嫣张大了嘴，赶紧用手遮住嘴巴。"你不会想今晚去洱海吧？！很远，有两百公里，况且明天就要回去，行程你不是都已经安排好了。"

"行程可以改。王子猷雪夜访友的故事知道吧，他在雪夜披蓑泛舟，过剡溪去寻访好友戴安道，只为'兴致'二字，我们不妨学学古人，不知语嫣同学可有此雅兴？"

"谁怕谁，出发！"夏语嫣差点蹦了起来。

两小时的士的路程，因为心中充满期待，两人一路欢快交谈，一扫下午压抑的心情。等司机说到了的时候，夏语嫣脸朝安生，狡黠地说："王徽之乘兴而行，兴尽而返，何必见戴。我们学古人是否要学得像一点，现在就返回？"

"你是'刻舟求剑'。"安生笑着说。"夜晚的洱海，相信很多人都没见过，我们都太匆忙，匆匆地来，又匆匆地离开，没有一颗湖水般平静的心，也就见不到湖水般平静的海子。洱海和许多高原的湖泊一样，其实就是湖，只是当地人都把这些散落于高原的湖泊称为海子。它们在人世间就是悬空的湖，洁净，没有污染，像人类最后一块精神净地，让人穷尽一生去追寻。"

十五的月亮十六圆，一轮明月正挂于苍穹，皎洁的月光如白银流泻于湖面，浪花漾着鳞白。沙洲上，数棵小树根系被湖水淹没，孤影婆娑，几只系泊的小舟被波浪轻轻拍打，很像中国画的点睛之笔。安生和夏语嫣，并排坐在石堤上，任凭晚风吹起头发，掏空身心。两人一起脱掉鞋子，让脚悬空于石堤外，就像初中时并排坐在篮球场石阶的最高处，双腿悬空，目视浩渺的远方。

"给我讲讲洱海的故事吧。"两人享受着晚风，沉默良久，还是夏语嫣先打破了沉默。

安生娓娓动人地讲起"洱海月"的传说：洱海月，每到农历八月十五日的中秋节晚上，居住在大理洱海边的白族人家都要将木船划到洱海中，欣赏倒映在海中的金月亮，天光、云彩、月亮和海水相应在一起，形成一幅优美的图画。

关于洱海月，流传最广的是"天宫公主下凡"的故事。传说天宫中有一位公主羡慕人间的美满幸福生活，下凡到洱海边上的一个渔村，与一渔民成婚。公主为了帮渔民们过上丰衣足食的生活，就把自己的宝镜沉入海底，把鱼群照得一清二楚，好让渔民们能打到更多的鱼。从此，宝镜就在海底变成了金月亮，放着光芒，照着世世代代的捕鱼人，于是成了洱海月。

"洱海与苍山靠得这么近，一定是一对恋人吧。"看来夏语嫣听完故事，还没走出故事的意境。

"是的，传说中是这样的。"

"安生，初中时感觉你好安静，坐在我后面，印象中不爱聊天，现在变化挺大的。"

"变好还是变坏？"

"肯定是变好啦，你又有爱心，又有担当，将来理想的女朋友是什么样子的，能否给前桌泄密一下？"

安生心里一颤，不敢直视夏语嫣询问的目光，他好想说就像你这样的，不，就是你这样的！但是，李大满都已经把她当成女朋友了，只能默默祝福她。真爱一个人，只要她幸福就好，宁愿自己伤痕累累。"随缘吧。"

"安生，我感觉好奇怪，眼前的洱海和我梦中出现的湖，长得一模一样。在你们眼里，它只是海子。但在我的梦里，她温柔的样子，完全就是个女子！不会是来世的我吧？"

"女孩子都会有公主梦，一点都不惊讶。"安生想起家乡的下湖，说："我的家乡本来也有个下湖，我喜欢仰泳，静静地躺在水面上，看瓦蓝的天，看流动的云，全世界仿佛只剩我一个人，孤悬于半空，我就是湖，湖就是我。可是……"

"可是什么？"

"水被截流，下湖快要消失了。"安生想象着它逐渐干涸的样子，直到被填平，建起别墅区，最后成为一缕轻烟，消散在记忆中。

"别辜负这大好景致，来，安生，我们一起朗诵苏轼的《赤壁赋》。"夏语嫣站了起来，对着洱海吟诵。

......

月出于东山之上，徘徊于斗牛之间。

白露横江，水光接天。

纵一苇之所如，凌万顷之茫然。

浩浩乎如冯虚御风，而不知其所止；

飘飘乎如遗世独立，羽化而登仙。

......

    安生为夏语嫣深情的朗诵所感染，她一袭素白的连衣裙，在月光下，衣袂飘飘，宛若传说中从天宫下凡的仙子，美得让人目瞪口呆。安生不禁也跟着朗诵自己能记起的部分。

......

惟江上之清风，与山间之明月，

耳得之而为声，目遇之而成色，

取之无禁，用之不竭，

是造物者之无尽藏也，而吾与子之所共适。

......

2

    从丽江回来后，夏语嫣久久无法平静。首先，她要感谢安生，是安生陪她完成一次说走就走的任性之旅。夏语嫣承认自己也是个爱幻想的小女孩，幻想着有朝一日白马王子突然出现在眼前给她一个大大的惊喜。那晚，真没想到，安生会心有灵犀地陪她奔赴两百公里外的洱海边吹风，让她亲眼见到梦中的湖泊。久别重逢的同学，确实变化太大了，他学识渊博，有思想，有冲劲，眉宇间总透出一股英气。最吸引人的是，他内敛的性格里，怀着一颗对这个世界深深的善意。

如果把人的性格用颜色来划分，那么李大满和安生就是两个截然不同的颜色。李大满是火焰红，他热情似火，对爱情始终如一，不管是初中时还是工作相遇后，总是大胆地追求，经常约夏语嫣吃饭看电影，还很细心，每次逛街时都会帮她提包，只要夏语嫣的目光在一件流行的衣服上多停留一会儿，他就要抢着买，而夏语嫣不想欠别人的人情，两人争着拿出钱包。店长一旁笑眯眯地说："别再喂狗粮了，让男朋友来付吧。"夏语嫣面红耳赤，后来给他立下规矩，再抢着付钱，以后不和他逛街。

安生呢？用湖水蓝形容他，再准确不过了。蓝色代表宽广深厚，他不冷不热的外表下，其实隐藏着博大的爱心，只是不容易觉察出来罢了，要不是此次丽江的采访，绝对不知道安生还给陈家辉家人寄了钱，明明李大满说这起案子是他主办的，但是安生却真正在关心人家，让江大妹在人生最绝望的时刻看到了光明。蓝色也代表深沉内敛，安生不像大满那样会哄人逗女孩子开心，初中时安生就时常盯着自己的脖子发呆，现在有时还会莫名其妙地盯着，等夏语嫣发现了，他又慌乱地移开视线。夏语嫣知道这种目光不像街上投来的那种色色的目光，仿佛要掀开她的裙子。而安生的目光是忧郁的，像湖水，蓝得深邃。

夏语嫣无法理清感情上的瓜葛，现在最要紧的是赶紧把丽江之行的通讯稿给编辑部主任李大红送去。夏语嫣萌生一个大胆的想法，却不知道该如何开口来说服领导。那天下午，江大妹越是用平静的口吻讲述自己的事情，越是让夏语嫣感受到人间的苍凉。以前在象牙塔里，无忧无虑，也曾立下大志投身新闻事业，赞美真善美，揭露假恶丑，甚至组织志愿者去改善亚洲象的生存状况。可是，因为自己优越的家庭条件，没有机会去真正接触社会底层的生活，当她感受到失孤家庭的痛苦，夏语嫣强烈地提醒自己，能不能成为一名最优秀的记者已不再重要，重要的是，作为媒体人，要为这个社会，做点什么。

"李主任，这是我去丽江回来写的通讯稿，您过目一下。"夏语嫣把稿件递到办公桌上。

"好，先放那，行的话，明天就给你发。"李大红拢了下头发，没抬头，仍在专心看着自己手上的文稿。

"呃，这篇不急着发，我想跟您商量个事。"夏语嫣低声说道。

"好呀，有什么想法，说说看。"李大红放下文稿，总算抬起头看向夏语嫣。

夏语嫣坐下来，说出自己的想法："是这样，这个失孤家庭背后有些不寻常的故事，我是重点围绕咱们江城民警捐助贫困失学儿童来写。我又联想起另外一件事，每周一上班路上，都会遇见一个坐着轮椅车去看病的小女孩，我和她妈妈都会有瞬间温情的对视，算是问候。昨天，我跟着她们去省立医院，原来小女孩得的是白血病！刚开始父母还以为是贫血，到医院检查后才知道得了这种不治之病，原本小康的家庭一下子陷入了危机。那天在血液科的病房里，好多孩子都是光着头，对我来说是个巨大的冲击。所以我有个大胆的想法，六一节那天，我要给这些孩子做个专版！"

"专版？！给白血病和贫困失学儿童做专版，我没听错吧！"李大红不自觉地提高了音量。

"是的。"夏语嫣声音较低，但很坚定。

"我们每年六一节都有专版，报道的都是孩子们幸福的生活，以及对未来美好的憧憬，要弘扬正能量，不能把这种极小概率存在的事情用专版去宣传吧。我的意见是不行！不死心的话，自己去问吴主编。"李大红看夏语嫣走出办公室，又嘀咕了一句，"想上位？想疯了！"

夏语嫣预料到会有这种结果，但她就是不死心，敲开了吴主编的办公室。当她把刚才的话再重复一遍后，吴主编陷入了沉思。过了一会儿，吴主编说："小夏啊，年轻人有这个大胆的想法，要鼓励！我们媒体本来就是要真实地反映社会的真实生活，为群众办实事也是我们报社的职责所在，不矛盾嘛。要不这样，过几天就是六一儿童节了，5月31日下午6点前，你和李大红各自备好图文稿，社里再研究决定最终采用谁的稿件。毕竟这样的专版是日报成立以来的第一次，要慎重。"

夏语嫣感到既兴奋又不安，兴奋的是吴主编给了她机会，不安的是自己能否写好这个专版。夏语嫣大致设计好了思路，六一儿童节前到医院血液科住房部，提前给孩子们过个快乐的六一儿童节。图文场景最好是笑中带泪，让读者仿佛身临其境，在悲伤中看到光亮，在乐观中感受到生命的坚强与力量。

可是，如何才能让孩子们摆脱孤独忧郁的气氛，过上快乐舒心的六一儿童节呢？这才是问题的关键，至少目前夏语嫣还没想到好的办法。找谁出出主意？夏语嫣第一个想到的就是李大满。

"大满，31号有没有空？陪我去趟省立医院，陪病房的孩子提前过个六一儿童节。"夏语嫣拨通了李大满的电话。

"我已经安排好了,陪你过六一儿童节,就咱俩,这几天我得先把队里的案子赶完。哈哈,我们越活越年轻。"李大满已经幻想着二人世界。

"就上午半天……"

"先这样,这会儿我正忙,到时候我通知你。"电话那头是嘈杂的声音,接着李大满挂断了电话。

夏语嫣是个要强的女孩,刚来江城,人生地不熟,一个人租房,一个人写稿到深夜,一个人拖着疲惫的身体回家还要亲自下厨做饭,好怀念以前在家里妈妈催着她出来吃饭的唠叨,怀念遇到难过的事时爸爸会放下手头的事听她倾诉。当初为了记者梦,孤身来到江城,大大小小的事都要自己做,林林总总的事要自己解决,夏语嫣硬是一个人挺过来,虽然时间不长,但夏语嫣就是不爱求人。可是,这次夏语嫣一个人真的搞不定。热情的李大满没空,安生呢,应该也很忙吧,只是同学而已,让人家到医院也说不出口。

下班的高峰期,江城车来车往,人们行色匆匆,都在往家赶的路上。快到租房的楼下,昏黄的路灯把夏语嫣单薄的身影拉得好长,那一刻,夏语嫣产生了放弃搞专版的念头,这完全是自讨苦吃。

"'湖光十色',在吗?"夏语嫣上线,看到他头像亮着。

"在。'夏虫语冰'小朋友,今天这么早,晚饭吃了吗?"

"吃不下。"

"什么事让大小姐如此心烦?和男朋友吵架啦?那我可有机会啦。"

"后面还排着一个连哩，你就慢慢等吧。31号上午想去省立医院血液科，给患白血病的孩子们提前过六一儿童节，我想在报纸上给她们做个专版，让大家关注这个群体。我的想法是不是很幼稚？"

"很好呀！上善若水，水善利万物而不争。"

"可是，报社编辑部主任和我的想法截然不同，她只想按照往年固定的模式来采编，吴总编对这两个方案都没有否决，说要看完稿件后再定夺。人力、物力，编辑部主任什么都没有给我支持，靠我一个人，没法让这么多的孩子们过上快乐的节日，感觉很无力，正愁着要不要放弃。"

"我在精神上支持你。"

"算了，我放弃。"夏语嫣最终还是无力地打出那三个字。

"嗯。"

3

丽江之行，似乎让安生明白一件事情：能哭出声音的痛不是真正的痛。

那些哭天抢地喊死喊活的，都不是真正的痛，其中不乏做作的。回来第一天和老陆一起值班，就遇到两起要自杀的。

第一起是上午十时许，有人报警说拆迁工地一期那里，有一对夫妇要自杀。安生赶紧戴上警帽，拿好装备，奔向巡逻车。哪知老陆慢悠悠把那杯没喝完的茶喝完，再优哉游哉地踱步到警车前，还交代，慢点慢点，这种事越慢越好。安生心里想，真是皇帝不急太监急，这人命关天啊。

　　到所里一段时间了，安生大致也明白，这个拆迁片区，最早是老旧低矮的棚户区，因为陆陆续续有大中专高校从市区繁华地段搬到这里，也带动了这一片的商业活力。先是西面的马路建起"学生街"吃喝购物一条街，后是当地的村民，自己出资在原先棚屋的位置上建起三四层楼的民房，出租给学生，日子过得红红火火。连镇里的领导脸上都有光，在区里拍胸脯说争取三年内人均GDP翻一番。

　　可是好景不长，一家房地产商拍下这块地，准备拆迁建商品房，因拆迁补偿无法达成协议，或者是补偿资金没有到位，反正各种原因，导致双方对峙了两年多，别人楼盘后来居上，都快封顶了，这边还有一些小洋楼仍无法拆掉。

　　当老陆带着安生到达现场，那里已经有两拨人剑拔弩张了。一边是钉子户男女老幼护着民房，一边是想要强拆的地产商。报警所指的，就是面前这户四层楼的民房，顶层是用铝合金板加盖的，夫妇俩站在四楼最外沿，男的用手紧紧抓住铁栏杆，把一只脚伸出来，做出要跳楼的姿势，女的手拿农药，嚷着要全部喝光。

　　"千万别想不开，老潘，你俩快下来，万一铁杆松掉，就真的掉下来了。"老陆和刚出警时慢悠悠的样子判若两人，变得非常紧张。

　　"法律手续还没下来，今天他们要是拆房，我们俩就死在这里！"老潘看了一下铁栏杆有些摇晃，把伸出去的脚往里面缩回了些。

　　"下来好好说，我跟他们拆迁的组长说说看。"老陆一副危急关头要上去顶炸药包的样子。

老陆转身对房地产商的组长说："你瞧瞧，这势头，恐怕心急吃不了热豆腐，还是等法院文书下来了会不会更妥当点，出了事谁也负不起这责任。"组长琢磨着今天也只是想碰碰运气，没想到这些钉子户动作这么快，想想也算了。就这样，一场闹剧就在老陆三言两语之下，草草收场了。

在去接第二道消费纠纷的警时，安生不解地问："明知他们不会跳楼，为何出警时候慢吞吞，到现场后却很紧张？"

"慢些出警，既可让双方的戾气消磨些，我们也有时间先摸清情况；现场紧张的处置，能让双方感到我们一直关心重视这件事，协调起来会顺畅许多。他们在演戏，我们也配合一下嘛。"

姜还是老的辣，安生暗暗佩服。

"听协勤小赵说，你曾经差点就有一百万了，煮熟的鸭子给飞没了。"安生问。

老陆一听徒弟主动提起这事，一下子来劲了，平常所里的同事只要一听老陆刚起个话头想当初，就全溜没影了，难得今天有人这么好奇要听他侃。"想当初，我是英明神武，为了能拔体彩头筹，把全家人的幸运数字搜集一遍，有生日、结婚纪念日、警号、老家门牌号，甚至我儿子收到录取通知书那天也算进来，终于凑够了数字。每天我都到小区门口一家体彩中心花上两块钱买一张，风雨无阻，哪怕没空，也会让小赵帮我买，那组数字他们都懂，只要说老陆的，他们就明白。你想想看，我们干一辈子警察，想发财，做梦吧你，只能碰碰运气，对吧？结果你猜怎么着，那组幸运数字真中了头奖！一百万！我的天，我翻遍口袋也没找到这张彩票，最后才想起那天早上，我去医院看高血压病，头晕乎乎的，回来直接躺下就睡着，竟然忘了买彩票。就一次没买，煮熟的鸭子给飞走了，肠子都悔青了。现在看开了，安生，平安第一。"

安生替师傅连喊可惜，抬头已经到了纠纷现场。走过去了解，是一中年妇女报警称，在菜市门口的地摊上，向一老太婆买了三斤土鸡蛋和一些自种的青菜，怀疑土鸡蛋是假的，卖贵了，要老太婆补差价，双方各不相让。老陆建议别和老人争吵，就算贵了点，跑大老远的也不容易，算了。女的不肯，说："要有法律意识，做人要正，该是我的一分都不能少。"这时，电台传来110指令，说是在伸进龙江的一条石堤上，有一少女要跳河自杀，老陆转身跳上警车。"这边还没处理好就走，我要投诉你！"妇女的声音被警笛声淹没。

老陆和安生跑步跨过龙江的围堤。龙江是江城的母亲河，从城中横穿而过，城北是真正意义的城区，早先当地人说进城去办事，就是指城北，后来经济发展了，江城东扩南进，才有龙江以南的城乡接合部，才有今天的大学城。此时面前的龙江，因海水倒灌，水位较高，伸进江中央的石堤上，赫然站着一女孩，出神地盯着江面。有几个路人远远地望着，不敢靠近石堤。

"你们不许过来，警察也不行！再过来我就跳江了！"女孩情绪激动。

两人在离女孩十来步的距离停住。安生目测过，就算他飞奔过去，也快不过纵身一跃，只能劝阻为上。老陆声音有些颤抖："孩子，年纪轻轻，千万别想不开，你和我女儿年龄差不多，一样会有美好的未来，你这样，父母会很伤心的。"

"他早就娶后妈了，威威也不要我了，呜呜——"女孩伤心地哽咽起来。

"威威是谁？"

"前男友，他和别人好上了。"

"这么好的姑娘都不要，是他傻，我保证将来他一定会后悔的！"

"我失恋了，心里好难受，呜呜，我不想活了。"女孩越哭越厉害。

"我们这个小伙子也刚失恋，和你一样，也非常难过。"老陆说完，朝安生眨眨眼。

安生明白老陆的意思，但老陆无意中也戳到了安生的痛处。夏语嫣的意外出现，本来对安生来说是个惊喜，像沙漠中的绿洲，像大海上的灯塔，那时安生相信有缘千里能相会，缘分妙不可言。谁想到又是被李大满截和了，他工作爱情双丰收，自己却竹篮打水——一场空。这一段时间和夏语嫣若即若离的相处，让安生既甜蜜又痛苦，越是和夏语嫣待在一起，越是陷入情感的旋涡，难以自拔。她的美丽笑容，她的温柔善良，她的清新脱俗，都让安生爱慕不已。爱的火山被压抑着，岩浆在内层冲突奔流，此刻恰好被老陆给导引出来，一下子就喷发了。

"是，我也失恋了，我暗恋她好久，现在是我好兄弟的女朋友！你要跳江，是吗？好，我陪你一起跳！夏语嫣都没了，死有什么可怕！等一下，我过来，咱们一起跳！"安生跑过去，一把拽住惊慌失措的女孩，爱怜地看着她蹲在石堤上放声痛哭。

等女孩哭过一阵发泄完心情，情绪也慢慢平复了。看她没事，安生拦了辆的士，女孩上车时，回头问安生："警察哥哥，我是师大的，叫伊湄。你呢？"

"安生。"

"好小子，演技不错啊！真是长江后浪推前浪，都快要赶上师傅我了。"老陆拍了拍爱徒的肩膀。

"已经超过了好不好,这起警你为什么这么紧张?"

"人命关天!"老陆严肃地说。

老陆不再说话。刚好教导员来电话,老陆接起,电话传来教导员的责怪声:"今天你是怎么搞的?老民警了,一向谨慎,工作有方法。刚刚市局督察处说报警人投诉你,警情没处理完就把她晾在一边走了,你到我办公室说明下情况。"

"真是的!"老陆摁掉电话,安生第一次听到师傅这样生气。

第七章

1

如此轻易就救下了想投江轻生的女孩的命，安生并不认为自己有多么了不起，反而有块石头一直压在他心上，随着时间的推移，石头的重量越变越重，让他喘不上气。只要看见所里有戴着手铐的嫌疑人进进出出，安生就会想：此刻陈家辉在干什么，在顺安监狱会待得习惯吗，他的腿会瘸吗？当初自己要是勇敢些直接上前扑住他，他也不会被车撞。当初要是命运没有安排让他和自己相遇，说不定陈家辉已经通过阿彪找到失散的儿子。

更让安生感到愧疚的是，陈家辉宁愿锒铛入狱以命相托，也要让寻孤的希望在一个素昧平生的警察身上延续下去。结果呢，孩子一点眉目也没有，反而刑警队借此获得荣誉和表彰。本想捐点钱给江大妹，能让自己心安理得些，谁知道所里还要搞什么助学宣传，以参评"全国文明号"，到丽江一看，才明白失孤的痛苦对江大妹一家是身体和心理的全方位的摧残。安生想尽快找到欢欢。

可这，又谈何容易呢？

虽然通过网络发了欢欢一周岁时的照片，二十来年过去了，人的相貌早已天差地别，不啻大海捞针。阿彪这个名字，人口库里根本就没有这个人，很可能是因为他的名字有"彪"字，或者根本就没有，仅仅是个绰号而已。但安生没有放弃，找遍所有名字中有彪字的人，特别是有过前科的，还托了同期入警的兄弟们帮忙一起留意，到目前还是石沉大海，没有任何有价值的线索。安生抱最大希望的是全国公安联网的人口失踪系统，通过失联两人的DNA比对，能初步判断出亲子关系，但前提是父子两人都主动提出申请。陈家辉的DNA数据已经让法医室陈棋采集录入全国库，但他失踪的孩子呢？也会主动申请吗？

"师傅，你说我能找到欢欢吗？"每次泄气时，安生都会这样问老陆。

老陆明白爱徒的心结，每次也都认真地回答："我都能中一百万，还有什么不可能？"

"可你最终还是没有中。"安生不依不饶。

"命里有时终须有，命里无时莫强求。"老陆叹了口气。

安生只相信功夫不负有心人，直到那天接到陈棋急匆匆的电话，他更相信人定胜天。

"你上次让我采集的陈家辉的DNA，系统里我查了，和江西一个叫李凯的DNA相似度较高，只要双方来复检，就可以百分百明确亲子关系！"陈棋兴奋地说道。

"不愧是一起摸爬滚打的好兄弟！辛苦了，我就去通知双方来江城！"安生仿佛脑袋被飞来的一百万砸晕了，不敢相信这是真的。

　　按陈棋交代，双方还没验明关系，为稳妥其见，先不见面，分开采集。这两天，江大妹平静得出奇，住在临湖所附近的宾馆，从早到晚不停地收拾屋内的卫生，尽管那张桌子本就一尘不染，她还是擦了一遍又一遍。地板上铺的是暗色的地毯，早上会有宾馆清洁工进来打扫，用吸尘器，简单方便，但江大妹说："我自己来。"她用扫把先清理一遍，再跪在地毯上，用湿毛巾一块一块地擦。实在没活干了，才坐在床沿，呆呆地看着被风吹拂得轻轻摆动的窗帘。"阳光真好。"江大妹的脸上露出久违的笑容，安生心里暗道，这真是一位母亲慈祥的笑容。

　　"让我们通个电话吧。就一次。"江大妹央求安生。

　　安生拗不过她哀求的眼神，拨通了李凯的手机："李凯你好，你们鉴定结果明天才能出来，江大妹想和你先通个电话，有空吗？"

　　"阿姨，你好。"电话那头是李凯略带沙哑的声音，听得出，他在极力控制着情绪。

　　"欢欢，欢欢……妈妈对不起你呀！呜呜——"江大妹不再压抑，彻底哭出声来。

　　"妈——"对方哽咽了。

　　"欢欢，妈妈对不起你啊。等你爸出狱，咱们一家人再也不分开了，好吗？呜呜——"江大妹撕心裂肺的哭声，让安生眼眶一热，转身抬起肩膀，用衣袖擦去眼泪，他已经好久没有流过泪了。

　　"我爸入狱？！我好不容易找到你们，你们竟然是犯人！天下有你们这样做父母的吗？还不如不认！"李凯边哭边说，情绪已经失控，直接挂断了电话。

安生没想到会是这样的结果，不停地安慰已经哭作一团的江大妹，他理解一位母亲此刻内心无法诉说的痛苦。安生真想冲到李凯面前，揍他一顿，再告诉他真相：你一周岁时被抱走，根本就不明白当父母的心有多痛。陈家辉发了疯似的到处求人，江大妹整日以泪洗面，一家人把新房子卖了千里迢迢来到江城来找你，这还不够吗？奶奶捡破烂，妹妹面临失学，你还要她们怎么样？是，陈家辉一时糊涂，做了错事，但他也是寻孤心切，还不是为了找你？就算这些年你受了委屈，也不该不问青红皂白，一上来就责怪江大妹，这比扇她耳光还更让她难受！

　　安生心里堵得慌，他不希望自己的努力，最后演变成在江大妹的伤口上再撒上一把盐，让心结变成了死结。一个窘迫的家庭就靠着这点希望撑到现在，如今要是连这点希望都以这样的悲剧来结束，这对她们来说有多残忍。好几次，安生想再拨通李凯的电话，但他还是打住了，臭小子情绪还没稳定，听不进去的，等明天核验结果出来再说。

　　"不怪你，谢谢你了，安警官，你是个好人，我们一家无以为报。不管明天欢欢认不认我，我只想能见他一面，二十二年了，只要他平安健康，我们做父母的，宁愿受些苦，也心甘情愿！"江大妹哭过一场后，抹掉眼泪，看到安生愧疚的样子，反过来安慰安生。

　　"你能想开就好，陈家辉出来后怎么跟他说？"安生有点不放心。

　　"以后再跟他爸慢慢解释。"

　　"那你先好好休息，我明天再过来，一起等通知。"安生准备起身，被他设为静音的手机，已经有三个未接来电，全是相同的陌生号码。

"我有点饿了，早上起床到现在，一直在收拾屋子，忘记吃饭了。"江大妹像个做错事的孩子，生怕被别人道破，自嘲道。

走出宾馆，安生回拨过去，电话里传来幽幽的女孩子的声音："你是安生吗？我是前天被你救下的伊湄，有空过来一下吗？我就在那天的堤坝等你。"

安生不禁心头一紧，"这小妮子，刚过两天，不会又想不开了吧？师傅说过，人命关天。"于是安生用最快的速度赶到龙江边。

2

春夏之交的龙江，已是吹面不寒杨柳风，江风徐来，让人心生惬意。沿着江堤站成一排的柳树，不像初春时只在枝头零星抽出些嫩叶，经过一个春天的生长，再看时，已是一身新绿。柳条低垂，和相间其中的古榕相映成趣，让人产生放下脚步，一杯茗茶虚度一个下午的奢望。

安生无心去欣赏江边的美景，此刻他唯愿伊湄别再想不开，现在的大学生学业压力重，如果加上家庭不睦或是初恋受打击，真会一时想不开做傻事。前天，侥幸救下她，只是因为夏语嫣在他心头屡放不下才一时发泄，事后想想也后怕，那时，伊湄看他冲过来，要是激动之下跳进江中，就安生那几下从李大满那学来的狗刨式，让他到江中救人，估计够呛。"今天她不会旧情复发，又想不开吧，要不怎么约我到同一地方。算了，好人做到底，送佛到西天，再好好开导开导她。"

等安生赶到堤坝处，看到熟悉的身影出现在堤坝外围，没有站在伸进江中的石堤处，安生长吁了一口气，看来伊湄今天只是想找他聊聊天，不会有性命之虞。

年轻真是好，随便一件DIY的白色T恤，配上紧身的牛仔裤，就让伊湄的青春活力毕露无遗。她面朝江面，目光被两只白鹭吸引住。只要一只在觅食，另一只也会停在身边休憩；只要一只起身掠过江水，另一只也必然振翅跟随。

"鸟禽都知道要不离不弃。"伊湄看到安生，指向那对白鹭。

"那要看合不合适。"安生回答，一起望向江面。

"你来啦，从接到电话到出现在我跟前，一共八分钟，没闯红灯吧，表扬！"伊湄嫣然一笑。

"下次就不灵啦。什么事这么急？害我火燎火燎地赶过来。"

"英雄救美，售后服务总要吧，人家心里还在难过，陪我钓钓螃蟹。前天在这里，看到好多招潮蟹，你看，它们好可爱哦。"伊湄挥了挥自制的钓蟹杆。其实简易得不能再简易了，就是一根稍长的木条，系根线，线头绑一铁钩就成了。

都想要跳河了，当时还有心思瞧这些小小的招潮蟹，真让人哭笑不得。"只要小妮子不耍性子就行，哥今天陪你钓，这个活没有技术含量，比自己小时候在湖里捕鱼在田头抓田鼠简单多了。"安生心里这么想。伊湄提出的事，不算啥事情，反而激起了安生不泯的童心，跟着一起认真地钓螃蟹。

龙江连接大海，随着潮汐变化，水位也忽高忽低。下午退潮后，石坝靠水一侧，石块满是泥浆。缝接处，爬出许多招潮蟹，有的趴在较平坦的石块上吐着泡沫，有的挥舞着大小悬殊的一对螯，不知是在示威，还是在求偶。那对火柴棒般突出的眼睛，警惕地打量着周围环境，萌得一塌糊涂。

安生放下杆，把铁钩对准一只有彩色大螯的蟹，那只蟹敏捷地钳住铁钩，不管安生收杆时如何晃动，它就是不松开大螯。

"哇，太棒了！好漂亮的小螃蟹，旗开得胜，快点，放进这只瓶里。"伊湄惊呼道，高兴得蹦起来。

"再钓一只雌的，它就不寂寞啦。"安生笑着说。

"你怎么分辨出哪只螃蟹是雄的还是雌的？"

"我教你，很好认的。刚钓的那只，是雄的，它只有一个大螯。雌的呢，有一对，相比之下就小许多了。"

大约半个小时，两人快钓满两瓶了，已经装不下了。木栈道上三三两两路过的人，都会停下脚步，看他俩怎么钓蟹，夸赞收获满满，安生和伊湄露出得意的笑容，江风拂面，所有的不快，烟消云散。

"这下满意了吧，带回去分给同学们玩吗？"安生如释重负。

"放掉，让它们回家。"

"放掉？！我辛苦钓了这么久，就是为了钓完再放掉？"安生简直不敢相信自己的耳朵。

伊湄把瓶子伸出栏杆，小心翼翼地让它们爬出瓶口，遭此一劫的招潮蟹们纷纷夺路而逃，奔向洞穴。

"一定要做有用的事情吗？"伊湄站起身，幽幽地问道。

"你是学哲学的？"安生似乎受到启发。

"一定要哲学系毕业的才会懂得思考吗？我在音乐学院舞蹈系。"伊湄踮了下脚尖，在秀自己的身材。

此刻，江风似乎也懂得风情，不失时机地撩起伊湄的长发。尽管今天穿着宽松的T恤，也难掩她的好身材。前面只顾着她的安危，这下认真打量后，安生不由得在内心赞叹道。

伊湄见安生盯着自己看，也害羞起来，娇嗔道："哪有这样盯着女孩子看的。"

"爱美之心，人皆有之。"安生为自己的尴尬解围。

"真有夏语嫣这个人吗？"伊湄好似不经意地问。

"不关你的事。"安生避开伊湄的目光，"回去吧。"

江滨路开来一辆空车的士，安生挥手拦下。伊湄打开车门，上车前，转头对安生喊了一句："你那天吼我的时候，超帅！"

3

今天上午，安生在宾馆陪着江大妹等第二天的复核报告时，有想过要不要打个电话告诉夏语嫣，毕竟丽江之行，两人都能为江大妹一家不幸的遭遇共情，都暗暗下定决心要帮这一家人。但安生转念又想，夏语嫣正在为"六一"专版的事愁得焦头烂额，况且这个消息，也只是自己通过"湖光十色"网名和夏语嫣聊天中得知，我安生总不能自告奋勇提出帮助，那不是此地无银三百两，不打自招嘛。

其实，同一时间，夏语嫣正站在茫茫人海中手足无措，她想哭，想扑在一个人的肩膀上大哭，甚至渴望有人打来电话听听她的倾诉也好。她一个人已经待在原地半个小时了，脑中很乱。主干道上车来来往，人们忙着去上班，有人着急按着喇叭。公交车上的乘客都低着头看手机，司机见电动车乱窜，连续按下"请注意安全"的警示音。人行道上，有背着包的在大步流星赶路，有边走边喝豆浆的，还有的抢在绿灯最后一秒过马路。就是没有人关注到她，问她，夏语嫣，怎么啦，需要帮助吗？

是的，夏语嫣，你今天这是怎么啦？

半个小时前，夏语嫣准时走出地铁，按每周一的这个时间点，她都会遇见一个妈妈推着坐轮椅的小女孩去省立医院看病，她们会微微一笑，算是一种默契的问候。自从跟着母女俩一起到医院了解了情况，更是对她们的不幸表示同情，才让刚从丽江回来的夏语嫣萌生做"六一"专版的冲动。自打她决定放弃这个超乎自己能力范围的设想起，夏语嫣就产生了巨大的挫折感和无力感，曾经指点江山激昂文字的夏语嫣，曾经青春年少踌躇满志的夏语嫣，曾经初生牛犊不怕虎的夏语嫣，却变得畏首畏尾，轻言放弃。

而自己最担心的是哪天上班路上再也见不到母女俩了，听说儿童白血病患者医治难度很大，她希望有那么一天，这位妈妈亲口对她说，孩子不用再治疗了，已经痊愈了！而不是无声无息地就突然不见了。在这异乡的大城市，夏语嫣不知何时在心里已经把母女俩当作朋友了。每次见到她们，妈妈的微笑和小女孩对世界新奇的目光，都让夏语嫣为生命的美好和生生不息感动不已。那天跟着她们到医院，一路上聊天，知道妈妈是个小学老师，爸爸经营一家工厂，她们给孩子起名叫"尔雅"，希望她长大后精神里一直传承中华传统的贤淑美德。在别人眼中，爸爸开着奔驰，妈妈知书达理，女儿听话乖巧，多么幸福的一家。然而每一家都有难念的经，自从女儿查出白血病，巨大的医治费也让她们家出现亏空，爸爸每天要拼命应酬跑业务，赚钱抵医疗费，妈妈要抽出时间护理女儿，几乎没有任何空暇的时间，让一家人快乐地到餐厅吃顿饭，或到咖啡馆消磨时光。

想为这些孩子出个专版的想法已很难实现，此刻，连这对能给她精神无形慰藉的坚强的母女也没有出现，夏语嫣的情绪自然一落千丈。当她来到单位打卡时，发现已经迟到半个多小时了。看到她的同事，都努着嘴，向她暗示着什么。

"夏语嫣，你迟到了，请做出合理解释。"李大红早已等在夏语嫣办公桌前。

"没有什么理由。"夏语嫣小声说道。

"你不是踌躇满志嘛，怎么垂头丧气啦？早就跟你说过，你的想法不切实际，偏离主题，肯定要被毙掉，新人要多虚心向老记者学学，别搞得自己是大牌似的。"李大红呛道。

夏语嫣长这么大，从没这么被人当众羞辱过，不争气的眼泪差点迸出来，还好她是要强的人，硬是忍住了。同事们都正襟危坐，低头忙着自己手上的事情，似乎什么都没听到，键盘敲响的声音格外清晰。

这一天在单位是怎么度过的，夏语嫣也不知道，迷迷糊糊就下班了。路上，李大满打来电话："语嫣，晚上有没有空，我刚下班，一起吃个饭？庆祝一下。"

"庆祝什么？"

"我们副大队长郑威可能要调去禁毒大队当大队长，上次破获的陈家辉抢劫案，多亏了你那篇通讯，局领导夸奖我们有战斗力，关键时刻顶得上，社会舆论一片叫好，就研究要提拔他了。"

"这和你有什么关系？"

"郑队说，要带我一起到禁毒大队，等下个月实习期满，就让我当副中队长！"

"那就提前恭喜你喽。"夏语嫣冷冷地说。

"怎么样，还去那家海鲜楼？"

"明天早上有空吗？就半天。"

"后天吧，刚好六一节，一起过儿童节，我都计划好了，明天上班走不开。"

"没胃口，拜拜。"夏语嫣挂断电话。

夏语嫣疲惫地走进自己租的小天地，房间光线模糊。她抬脚甩掉高跟鞋，把包随手一扔，也不开灯，径直进了卧室，任凭自己饿着肚子，在一片漆黑中，倒在床上。不知过了多久，感觉是在迷糊的睡梦中被一阵电话声吵醒，夏语嫣揉了揉惺忪的双眼，是妈妈的电话。

"嫣嫣，晚饭吃了吗？要注意荤素搭配。"

"嗯。"

"工作顺利吗？有遇到难处的话，多向单位领导请教。你这性格，不要太倔强，一个人在外，照顾好自己。"

"嗯。"

"还有，自从你离开我们身边去江城工作，你爸天天念叨你，夸我们嫣嫣独立性强。偷偷告诉你，老头子经常一个人拿着你小时候的照片发呆，他呀，嘴硬心软！"

"……"夏语嫣再也忍不住，哭出声来。电话那头传来爸爸着急的呼叫声，"嫣嫣，嫣嫣。"

第八章

1

城里的人，真忙啊。

江大妹一大早就起来，坐在靠窗的木椅上，一直盯着窗外。四点多，她就被柴油发动的农用车吵醒，这些载满新鲜蔬菜的车子，大都是从周边的农村运进来的，他们要赶在早集前把货运到农贸市场。希望他们能卖个好价钱，江大妹心中暗自祝福。五点多，晨曦微露，清晨的风特别凉爽，透过窗户，吹向脸庞，江大妹拢起被风吹乱的头发。大街的人行道上，卖早餐的已经把推车停好，打开保温箱的泡沫盖子，热腾腾的蒸气立刻向上冒起，零零星星有过路的人买完早餐，边走边吃。不时会有晨跑的人，迈开有力的步伐，尽管满头大汗，却乐此不疲。六点半后，车流明显多了起来，非机动车道挤满电动车，都在抬头望着路口的红灯，交警穿着黄色反光背心，站在路口中心的指挥台上，配合红绿灯指挥着交通，手势或举或放，江大妹看得出神，直到安生来敲门。

"阿姨，我还给你带来另外一个人。"安生神秘地说。身后跟进一个怯生生的小伙子，衣着干净，眼中充满期待。

"这是……"江大妹有些迟疑，似乎也猜到了些。

"李凯，哦不对，是欢欢！"安生笑着说，露出一口大白牙。

"阿姨，您好！"李凯有些害羞。

"欢欢，你真是欢欢吗？"江大妹不敢相信自己的耳朵和眼睛，声音有些颤抖，愣了一下，看见李凯坚定地点头，江大妹再也控制不住，上前紧紧抱住他，把头埋在他的胸前，号啕大哭。李凯也把头靠在她瘦小的肩膀上，像抚摸婴儿一样，轻轻抚摸她的背，真的瘦骨嶙峋啊！李凯的眼泪不禁夺眶而出。

在影视剧里，安生见过太多这种生离死别的场面，尽管也会感动，但都感觉很遥远。今天，就在眼前，这对母子跨越二十年的生死离别，历经人世难以言说的磨难，终于相聚，其中的辛酸和委屈，常人更是无法理解。若不是安生去了丽江一趟，对于自己一个初入社会的毛头小子，怎么可能设身处地理解他人身上背负的巨大苦难？在黄山登山路上，他曾见过一群挑夫，脖子上挂一条毛巾，肩上挑着百斤重的日用品，尽管口喘粗气，仍一步一步地负重上行。安生想啊，不是有上山缆车嘛，为什么不放在缆车里运到山顶，不是更省事？人家回答："缆车运力有限，要给乘客坐的，得优先满足消费需求，要是真的都让缆车来运，那我们这些人还吃啥？"安生当时脸上一红，仿佛自己就是古时候的晋惠帝，"何不食肉糜"。从那时起，安生再也不敢问这么愚蠢的问题，只要再看到这样令人心疼的场景，就会把它们记在心里，就像在木头上刻进一横一画，等这些木头上写满"正"字，他就成长为成熟的男人了。

可是，挑夫肩扛的重担，只是生理的挑战，真正的挑战是心理上的苦难。江大妹自从孩子被抱走后，愧疚和悲痛就在她柔弱的心里扎下根，心魔是很难被驱除掉的。你可以想象，当她看到别人父母怀里抱着孩子的时候，当她听到别人孩子向父母汇报今天考了一百分的时候，当她闭上眼合上耳，脑里不自觉得又浮现出欢欢胖嘟嘟的笑脸的时候，你就能体会一位母亲失孤后的悲痛。一个人伤心了，就会流泪，泪流干了，就不会再轻易哭泣，表面看上去和我们平常人没什么两样，只有真正走进她们的内心，你才能感同身受与之共鸣。

　　昨天陪着伊湄钓完螃蟹，回到宿舍，安生还在琢磨这事，李凯因为陈家辉入狱就片面误解了父母，让江大妹无比伤心，这不是在伤口上撒盐嘛。已经过了几个小时，李凯的情绪应该平复得差不多了，该给他道明真相了。安生通过电话，一五一十地把陈家辉入狱的原因和他们一家人寻孤所做的努力说给李凯听，他也明理，听完后泣不成声，一再说请原谅他的鲁莽，希望明天一大早就能见到江大妹，不管复核报告结果怎么样，都不能伤了一位母亲的心。

　　其实当时，安生也犹豫过要不要答应，按陈棋交代，程序是两人先错开采血样，等复核完亲子鉴定确认报告出来后，再让她们正式认亲。设置这样的程序有讲究的，因为，电脑初步的比对虽然准确率很高，但毕竟不是百分百，万一复核不是的话，见过面的双方会空欢喜一场，更加失望。可最终安生还是答应李凯的请求，因为能在结果出来之前，李凯就先向江大妹认错，本身就是一个诚恳的态度，对寻亲多年一直未果的女人，不管结果如何，一定是个莫大的安慰！至于陈棋那边，下次请兄弟吃个饭补偿补偿。

"应该高兴才对！都还没吃早饭呢，走，楼下有一家正宗的本地小吃，连江锅边。"安生想缓和下气氛。三人点了三碗海鲜锅边，又加了油条和煎包，当服务员端上第一碗的时候，江大妹把碗推给了李凯。李凯不要，看着实在拗不过她，只好拿起瓷羹，吹凉后一口吃进。江大妹托着腮帮，露出心满意足的笑容，安生看到，羡慕不已，那是一位母亲最慈祥最幸福的时刻。安生的父母经常在外打工，自从添了个弟弟后，就把小的带在身边，把尚且年幼的安生托给爷爷奶奶养育，因此安生把爷爷奶奶当成最亲的人，父爱和母爱具体是什么样子，安生的脑海里没有什么特别的印象。安生感到从没有过的舒畅，从警以来，不是在响亮的口号声中摸爬滚打，就是在紧张的警情处置中度过，能像今天这样和她们母子俩一起吃早餐，度过一个温馨的清晨，是多么舒心的事呀！

母子俩叙个不停，李凯说他是在全国人口普查时才知道自己是被抱养的。小时候村里有个孩子王称他是野孩子，他就用石子把他打哭，当对方家长找上门时，养父赔完不是后，李凯就问父亲："我是野孩子吗？"父亲说："别听他们瞎说，你是我们亲生的。"看着父亲笃定的目光，李凯选择相信。直到初三开始中考报名时，他才知道自己没有户口，恰好遇到全国人口普查，他才在户口簿上清楚地看见自己那页，和户主关系栏上，清楚地写着"非亲属"。那时再问父亲，父亲说："你是被丢在镇政府的大门口，身上用红布绑着，红袄的口袋里夹着五百块钱，那天，我刚好到镇上赶集，看到街上镇政府的大门口围了一群人，好奇上去看，哦，是男婴，因为我们家只有女孩，当下就抱回家了，二十年了，一直把你当成亲生孩子养！"

"那时，我就开始想，到底我的父母是什么样的人，是一对还没领证的年轻人不慎怀上了，还是哪个女生被男人抛弃后心生恨意如此决绝？这一切都无从知晓，但对我却造成了极大的伤害，在老师和同学们面前根本就抬不起头，就算他们什么也没说，我总感觉他们在背后对我偷偷地在指指点点，我特别自卑，原先阳光的我变得不再有说有笑了，你能理解我的痛苦吗？长大后，我开始怀疑养父的说辞，有听说丢弃女婴的，没听说丢弃男婴的，网络上讲，有人拐卖儿童，我就瞒着养父，偷偷去派出所报案，采了血样，才被通知到江城来复核认亲。昨晚听了安警官告知真相，才知道父母并没有抛弃我，父亲还为我坐了牢，我原谅他，我很感动，感谢我的父母对我不离不弃，感谢安警官的仁心侠义！"

两人一会儿抹着眼泪，一会儿相视一笑，每次安生手机响起来电铃声，他俩都会紧张地望向安生。"放心，只要一有消息，陈棋就会第一时间通知我。"安生虽然口中这样安慰他们，自己心里也在焦急地等待。临近中午，安生准备起身回所，正想告辞，陈棋来电了。

"安生，对不起，没能帮上你的忙，刚刚市局刑侦支队来电说，经过对两人的DNA实验比对，确认两人不是亲子关系！市局物证鉴定所的同志，明天就会出具鉴定书。我想你一定很着急，就赶紧先跟你通个气。"

"不可能！原先电脑不是已经初步比对出来了，说是相似度很高，怎么可能不是亲子关系？"安生站了起来，江大妹和李凯都听到了，不安地看向安生。

"这种出错的概率很低，但也发生过。可能是以前技术的原因，男方采集时靶标不对位，也可能是针管或滤纸污染，甚至没有保存好也会导致出错。具体原因不好说，我们已经把李凯最新的DNA数据重新入库了。"

空气一下子凝固，原本有说有笑的气氛变得无比沉重。怀疑，失望，而后是绝望。

李凯蹲在地上，把头埋在膝盖里，双手不停地扯着头发。江大妹见状，不知该怎么安慰他，只好用苍老的手轻轻地一下一下抚摸他的头。

"对不起，我一定要帮你们找到亲人！"安生斩钉截铁地说。

2

前天傍晚，接到安生的电话时，郑斌斌正走下路口的交通指挥台。六点半后，主干道上的车流明显减少了许多，也意味着今晚高峰期站台工作的结束。除了爽快答应安生交代的私事外，两人还聊起二队队员们现在各分配到了哪个单位。安生说自己混得差，被调离刑警队到了临湖所。郑斌斌说："比惨是吧，我在同一个单位被调了三个岗位。哈哈，兄弟，真是难兄难弟。"

郑斌斌觉得现在岗位最适合自己，每天高峰时出来站台，手一挥，千军万马来相见。手一拦，世界立即停止，管你是保时捷还是奥拓。其实，在郑斌斌的眼中，路上没有贵贱之分，只有走或停的区别。每天清晨，上班的人像放飞的鸽子，出了笼，奔向岗位，路上多耽搁一分钟，就多一分被扣奖金的风险。傍晚，人们一窝蜂地往回赶，虽然方向不同，但家的方向永远相同，那是一盏灯，一桌菜，一个欢声笑语。"归去来兮，平安二字"，是郑斌斌在简单的手势间送出去的祝福。

刚分配到交警大队的时候，因为事故组的一个老民警退休，队里就让郑斌斌顶他的位置，跟着老张学事故处理。组里的同事说："你小子有福气，一来就进了热门岗位，这可是要职啊，你看看，一旦发生交通事故，双方都想要让对方负责任，裁定权就在我们处理事故的民警手中，一纸定输赢啊，技术含量可高啦，窍门也多，好好学。"

第一天值班，老张先教郑斌斌简易程序处理办法和几种简单的事故责任认定。看郑斌斌一个大学生，头脑灵光，学得也快，自己忙不过来，就放手让他去处理一起转弯车辆和直行车辆刮擦的事故。郑斌斌开着大队里那辆快要散架的柴油皮卡来到现场，一路上都不用按喇叭，皮卡本身就发出沉重的"哐当哐当"的巨响。看到左转弯的丰田车车头被直行的奇瑞撞成凹陷时，郑斌斌心中已经有谱。

"他撞我的车头。他要负全责！"丰田车主气势汹汹指着对方。

"他没打方向灯就转弯，我刹车来不及，谁知道丰田还不如我奇瑞，这么不耐撞。"奇瑞车主个头矮小，小声辩解道。

"左转弯的车要避让直行的，你负全责。"

丰田车主一下子泄了气，到旁边打了个电话，态度毕恭毕敬："要不同等责任，反正各自保险公司理赔，他都把我车撞成这样了。"奇瑞车主也不作声了，表示默许。

郑斌斌接到老张的电话，电话那头让他到边上通话，意思让郑斌斌定成同等责任。郑斌斌说："您不是说转弯要让直行的，应该是转弯的负全责才对，而且不对呀，您不在现场，怎么判断事故责任。"老张生气地说："别问么多，就这样写！"

结果不用猜，郑斌斌定了丰田的全责，第二天，就被调离事故组，去了机动组，专门负责开罚单。第一周相安无事，开罚单还不容易，又不是人体写真美图秀秀，对着乱停的车辆拍两张傻瓜照，唰唰写几个字就完事了，当事人没在现场，根本不会发生什么争执。

第二周，队里通知要重点抓摩的，平常只要简易程序处理，当场罚个一百块就好，这次专门交代要开完单后，还要把摩托车移交给城管部门处理。怎一个惨字了得，简直是猫抓老鼠游戏，只要警车一出现，摩的就一溜烟跑个没影。第二天，师兄想了个办法，让郑斌斌在红绿灯口，躲在一棵行道树后守株待兔。左等右等，终于在一次红灯亮起时，有辆摩的停在了车流中，动弹不得，郑斌斌一个箭步上前，拔下车钥匙，交给师兄。

"干得漂亮！"师兄表扬道。

让郑斌斌没想到的是，那个敞开领口的摩的司机几乎是用哭腔一直在哀求："要是把车移交给城管，要罚几千块的，这辆摩托也就值两三千，我们一家刚从外地来到江城，全家就靠它养家糊口，求求你们高抬贵手，罚点钱放我走吧。"

郑斌斌这才知道原来这次摩的整治处理这么重，自己也坐过摩的，他们赚的是辛苦钱。今年抓得紧，他们只敢在早晨五六点或中午交警下班时出来碰碰运气。只要被开个单，这两天起早贪黑也算白干了，要是移交给城管，对他们来说，那就是砸饭碗天大的事了。郑斌斌看着一个大男人这样苦苦哀求就差跪下了，确实于心不忍，低声对师兄说："能不能按闯禁行罚一百扣三分，警告他下次不要再干了，好不好？”

"他是你抓的，你自己决定，月末有绩效考评，这块分值是决定性的大头。"师兄善意提醒。

最终，郑斌斌还是按简易程序处理，放了他，没移给城管。月末考评，郑斌斌垫底。就这样，他又被调离机动组，去了考评末位的才去的岗位——全职站高峰。

全职站高峰，大家之所以不愿意去，是因为不管烈日还是暴雨，都要站在指挥台上指挥，路口还有全球眼，与市局指挥中心联网，想偷懒，门都没有。而且汽车尾气喷出来黑色污染的气体，长期吸入会伤害身体健康。

郑斌斌反而觉得是种解脱，不用再有心灵上的挣扎，不用再顾忌他人的感受，只要练好交通指挥手势，让车流畅通，就算出色地完成本职工作。父亲还在世的时候，经常夸郑斌斌小时候是个神童，喜欢车，尤其对车标过目不忘。邻居随便指辆车，三岁的他就能说出车的品牌，那时父亲总会露出欣慰的笑容，逢人就吹："我老郑家祖上没出过大学生，我这个儿子一定会考上大学光宗耀祖的。"于是，站在路口指挥台上，郑斌斌有时会不自觉地去看车标。大众、福特、长安、标致、一汽……仿佛只要郑斌斌在心里每念出一个车标，父亲就会在天堂笑一次。"父亲，我没让你失望，我考上了警校，活成了您想要的样子，儿子每天站在路口中央最醒目的位置，在您看得到的位置，指挥交通，让每一辆车、每一位行人平安回家。父亲，儿子做到了。"

父亲曾说，复杂的事情，重复一百遍就变得简单了，郑斌斌就苦练基本功，因为形象上佳，指挥手势标准，在全支队交通指挥手势比武中，郑斌斌为大队拿了第一名，被安排在桥头一号示范岗指挥。他还利用业余时间创作交警歌曲《雨中指挥家》，自弹自唱的小视频放在微博上，配上他在雨中着黄色警用雨衣的背影图片，火起来了，点击量很大，网友纷纷转载，称他为"江城最帅交警"。

      站在山巅，是雾凇

      站在人间，是指挥家

      脚踏暴雨与归程

      目送平安与灯火

      让每一滴雨在身上，开成花朵

      让每一辆车在路上，谱成声线

      无问西东

      我把黄色的背影留给你

      你用雨中的暮色为我加冕

一早站完高峰，郑斌斌就背上心爱的吉他，赶往安生交代的地方——省立医院血液科病房，跟那儿患有白血病的孩子们提前共度六一儿童节。在医院门口，郑斌斌依安生吩咐，给夏语嫣打了个电话，让她尽快过来。

3

本来，夏语嫣是想过放弃的，但是她不甘心，不甘心还没尝试就放弃。好比田径比赛，明知预赛就很可能被淘汰，但你愿意放弃吗？跑完后输了和弃跑，根本就是两回事，你可以拼全力跑，可以输给强手，但不能懦弱，要不，将来不会原谅自己的。人的一生不是一个七日叠加另一个七日安逸地活着！

夏语嫣到书店买了一些适合孩子阅读的图书，她查阅了白血病患者的治疗方法，现在医学进步很快，配合患者健康积极的心态和均衡的营养，只要治愈五年后不再发病，就和普通小孩没什么区别。夏语嫣相信书籍的魅力，孩子们憧憬未知的世界，对世界充满好奇，而那些优秀经典的图书，会让他们汲取力量，看到光芒，获得精神上的自由。

当夏语嫣忐忑不安地赶往省立医院时，路上接到了一个陌生电话，说是叫郑斌斌，也是一起来和小朋友们过六一节的。尽管夏语嫣觉得这个巧合来得有些蹊跷，但她还是特别开心，毕竟多个同伴，就多份成功的可能。

"今天孩子们乐开花了，医院搞得像幼儿园似的，哈哈。"

"是啊，咱们血液科从来没这么热闹过。"

夏语嫣走出三楼电梯时，两位护士边走边聊，偶尔经过的家长，也是面带笑容。在电梯口的护士站，夏语嫣联系到了预先接洽好的范丽丽护士。

"今天怎么这么热闹？"夏语嫣不解地问道。

"大学城高校来了好几位志愿者，正和孩子们玩呢。走，我们一起去看看。"范丽丽笑眯眯地说。

在第一间病房里，几个孩子正围在一张折叠桌前，大学生模样的男孩正熟练地用手捏着超轻黏土，桌上除了原料外，已经摆了好几只惟妙惟肖的小黄鸭。

"大哥哥，我除了要小黄鸭，还想要小黄人。"

"我也要小黄人。"

大学生抬起头，看了下桌上黄色原料不够了，就轻轻地捏了下那个还想要小黄人的孩子的脸蛋，调皮地说："我看你长得像哪吒，要不要捏个哪吒送给你？"

"哈哈哈。"身边的孩子大笑起来。小男孩憋红着脸，大方地说："大哥哥教我，我自己学着捏。"

在第二间病房里，围坐在一起的全是女生，虽然她们因化疗头发全部掉光了，但丝毫掩饰不住她们亮晶晶的明眸。她们一起跟着一位女大学生在折千纸鹤和幸运星。桌上摆着五颜六色的蜡光纸和切纸用的小刀。每位孩子面前都有一个稍大的玻璃盒，她们把折叠好的成品整齐地装进去。

"我又折好一只千纸鹤！"

"太棒了，用线穿起来，到时候可以挂在客厅，象征平安吉祥。"女大学生轻声细语道。

"我折好了三颗幸运星！"

"好棒！你们可以在折好的幸运星上许愿，每颗幸运星只能许一个愿哦，许愿时要闭上眼睛，在心里面默念，将来就会实现！"

"姐姐，我要多折几颗幸运星，帮爸爸妈妈、爷爷奶奶也许个愿，还有护士阿姨们。"

看到小女孩心里还惦记着护士们，范丽丽忍不住眼睛一红，赶紧转身擦掉泪花。平日里，这些年轻的护士们忙里忙外，格外心疼这些小患者，看着孩子们强忍病痛，也是想尽各种办法疏导她们，减轻治疗的恐惧，没想到小女生竟默默记在了心里，突然说出这么懂事感恩的话，范丽丽能不激动吗？

夏语嫣走到第三间时，早已心潮澎湃，她已强烈感受到生命是如此美好，就像一棵棵小草，尽管脆弱，当它翠绿的叶子舒展出石缝时，你也会不由地如此感叹。夏语嫣除了抓拍孩子们的表情，内心更是奔流着写作欲望，这种欲望，需要一个出口，比如笔尖下的流淌。

这间病房内，一位长得特别秀气的大男孩，面前围着好几个孩子，有男生，也有女生。他有一双灵巧的手，天生是个魔术师的料，但他不是在变魔术，他正在创作沙画。沙子在他指缝间流下，仿佛听话的孩子，一会儿往东，一会儿往西。而后，他用那双灵巧的手，在平铺的画板上，清空部分沙位，一位坐在冰面上垂钓的老者跃然纸上。

"孤舟蓑笠翁，独钓寒江雪。"大学生念出一句唐诗。

"天这么冷，他能钓到鱼吗？"

"不能。"

"那他为什么还要在冰面上钓鱼呢？"

"这是一种境界，外部恶劣的环境改变不了他悠然自得的心境，能否钓到鱼，对他来说已经不重要了。比如你们，面对疾病，保持积极平和的心态，享受和爸爸妈妈在一起的美好时光，再大的困难都不再是困难了。"大学生用鼓励的眼神看向每一位孩子们，他们似懂非懂地点点头。

"说得好！"夏语嫣脱口而出，"是谁请你们来的呀？太给力了！"

大学生被表扬得有些不好意思，应道："我们是高校志愿者，是老师建议我们来的，我们也觉得来对了！这些孩子们好可爱！"

夏语嫣一路是循着琴声过来的，轻柔的吉他为醇厚的歌声伴奏，再浮躁的心听着，也会不由自主地平静下来。这是一首翻唱的《夜空中最亮的星》。

> 夜空中最亮的星，能否听清，那仰望的人，心底的
> 孤独和叹息
> 夜空中最亮的星，能否记起，曾与我同行，消失在
> 风里的身影
> 我祈祷拥有一颗透明的心灵，和会流泪的眼睛
> 给我再去相信的勇气，越过谎言去拥抱你
> 每当我找不到存在的意义，每当我迷失在黑夜里
> 夜空中最亮的星，请指引我靠近你

　　清亮的歌声，如水银泻地，如大地覆雪，干净得好似月光洒在听者的心田。孩子们如痴如醉，唱者无比深情，以至夏语嫣只敢站在门口，怕打扰了他们。

　　一曲终了，唱歌的大男孩收起吉他，走向那位出神望着窗外摩天轮的小女孩。当小女孩转过身时，夏语嫣的心几乎要跳出来，"这不是每周一上班路上都会遇到的轮椅上的女孩吗？原来她住院治疗了，没事就好！"夏语嫣真想上前抱住她。

　　"在看什么？"大男孩问。

　　"摩天轮，以前没得病前，我和爸爸妈妈一起坐过，可以看见整座城市，它像不像城市的眼睛？"轮椅上的小女孩问。

　　"像！它还像许许多多关心你的叔叔阿姨们的眼睛，看到你的坚强，看到你的乐观，还会看到你康复出院！"大男孩动情地说。小女孩的眼睛像泉眼，顿时清澈起来。

　　"来，孩子们，我给你们讲讲我的故事。"大男孩大声说道，

病房内一下子掌声四起。

"有听说太阳从西边升起吗？"

"没——有——"

"我念书时就发生过！刚念高一时，我成绩一塌糊涂，经过父亲的鼓励，我决心勤奋学习。有一次晚上念书太迟，第二天上学迟到，被段长抓到，我解释是因为昨晚熬夜读书的，他不信，还在年段大会上点名批评我，说我要是能考上大学，太阳会从西边升起来。结果高考发榜，按我的成绩，考上警校绝对没问题！同学们都沸腾了，高喊着，明天太阳要从西边升起来啰！段长的脸红得像萝卜。"

"哈哈哈。"

"咱们一起加油！"

"加油——"

大男孩正想走出病房，范丽丽故意站在门口中央，激动地说："我想起来了，你就是微博上唱《雨中指挥家》的交警！你在哪里上班呀？我是你的粉丝，范丽丽。"

"桥头一号岗。"

夏语嫣大概猜出了谁，问："你就是早上打我电话的郑斌斌吗？"

"是的，你是夏语嫣吧。预祝你采访成功。"

"谁叫你来的？"夏语嫣追问。

"朋友所托，不便相告。况且这个活动，我个人也很喜欢！"

"好，我就不问你朋友的名字。我只问你，你是不是有一件又破又脏的迷彩服？"

郑斌斌愣了一下，想想回答这个问题，也没有暴露安生的名字，就点了点头，"是！"

4

许多人对落日比较熟悉，因为每天下班时分，都能见到它像个娇羞的小女孩，躲进群山的怀抱。而对日出的印象就没那么深，因为这个时辰，都在熟睡。对于安生这样五天一个大夜班的人来说，看太阳如何喷薄而出，那是家常便饭，它就像奶奶养的老母鸡孵鸡蛋一样，先是酝酿好久，然后才破壳而出，安生为之惊叹不已，惊叹它的新生，惊叹它的朝气。

所里的民警常把晚上十二点前的班，叫作小夜班，十二点后的班叫大夜班，上完大夜班，所里会安排休息。今天早上八点多，交接完枪械，安生不像往常那样倒头就睡，而是要去茶叶店见一个人。

这家茶叶店名字起得好，叫"唇齿留香"，身处闹区，却独辟幽静，开在一条巷子里头，门口有棵参天古榕，不仅能遮阴避暑，还莺歌阵阵，让刚从闹市折身进来的茶客，如沐春风，心生清凉，本来还心事重重的安生，进店后兴趣徒增几分。店里完全是古风装修，大厅的背景墙，用枣色的木条勾勒出半圆图案，传统的装饰讲究对称，它却一反常规，寥寥几笔不规则的线条，尽显古意。最引人注目的是一个风车造型的流水摆件，随着风车缓缓转动，清水汩汩涌出，带动雾气缥缈升腾，颇有几分"明月松间照，清泉石上流"的意境。

安生按约定找到"清风"那间茶室，掀开门帘，里面赫然坐着一位体态稍胖的长者，他起身笑脸相迎，说："来啦？你是安生吧。"

"是的，我是吴教导介绍来的，刚下班就过来了，没想到您还先到。"安生拉开一张太师椅坐下。

"这儿离我们报社近嘛，我算半个主人，应该的。"吴主编平易近人的笑容，让安生放松了不少。

吴主编泡好红茶，往茶宠小沙弥怀里的葫芦上倒，馨香的茶水顺着壶口，流进茶斗。安生小抿一口，真的是唇齿留香。

"吴教导和我是老乡，他说你是临湖所的青年才俊，这次你们所冲刺'全国青年文明号'，你是功不可没。夏记者已经帮你写好报道了，明天六一儿童节见报！"

"我不是为这事来的，我想问下贵报明天'六一'专版的事，会专题报道白血病孩子吗？"安生直奔主题。

"学诸葛亮，当说客来啦？"吴主编依然笑容不减。

"江东已有鲁肃，就看有没有明主了。"安生锋芒毕露。

"夏语嫣让你来的？"

"她不知道，是我自己来的，不管最终您怎么决定，今天所说的话止于我们两人。"

吴主编沉吟了一下，看着安生一本正经的样子，也收起笑容，认真地说："你是人民警察，应该明白政治纪律，我们要立足主旋律宣传，给社会传播正能量。我快退休了，站好最后一班岗，按当下流行说法，叫平稳着陆。你要是主编，你会采用哪种稿件？"

"我会用病房中孩子们怎么过六一儿童节的稿件！她们虽然是极少数群体，但处在与病魔斗争的关键时期，良好积极的心态有助于她们战胜病魔。只有让社会关注到她们，给予更多的帮助，她们才会和同龄的孩子一样，拥有属于自己美好的童年时光。作为媒体，难道不是职责所在？"

"你说的这些大道理，作为资深媒体人，我岂能不懂？喏，抬头看看墙上的那幅字吧，难得糊涂！"

"难得糊涂"这四个字，安生一进房间就看到了，它写得歪歪扭扭，看上去很笨拙，整体却给人大巧若拙的感觉。安生理解吴主编的无奈，但血气方刚的安生并没有放弃，他能感觉到吴主编身上有一股书卷气，读书人的文士情怀不可能被岁月磨得一干二净。

"那我也给您讲个好兄弟的事情吧。新警集训时，他看到路上有偷车贼，毫不犹豫上前去抓捕，结果被其同伙偷袭打伤了。当时，他还没有具体岗位，没有警服，没有工作证，甚至连警务技能都还没开始学，和普通老百姓没什么两样，他就这么徒手上去了。你知道吗？当初高考报志愿时，他只喜欢音乐，因为父亲的遗愿，才最终选择当警察，尽管如此，他照样履行好一名警察的职责，难道他也要学难得糊涂，装作什么也没看见？"

安生诚恳的话语，让吴主编陷入了沉默。吴主编抬起头，迎向安生的目光，说："坦白讲，我也是有苦衷的，这次'六一'专版，有两个人在竞争，除了夏语嫣，还有编辑部主任，且分管报社的领导一再叮嘱我，作为报纸的掌舵人，要把好方向。"

初入社会的安生，尽管事先琢磨了好多种可能，但他怎么也想不到这件事情的背后，竟然如此错综复杂，看似合情合理唾手可得的事，竟难如登天。私情也好，公理也罢，反正今天豁出去了。"好吧，我再给你讲一位前辈的故事，他是个知青，上山下乡时和同学们住在当地生产大队支书家里，他不仅勤劳能干，还勤奋好学，自学完高中的全部课程。村支书觉得小伙子有上进心，想把女儿嫁给他，他婉拒了，因为他不想一辈子就这样过下去，他还想考大学，实现心中的抱负。恢复高考那年，他因为父亲还未平反，政审被公社卡在那，是老支书星夜赶去找公社领导求情，画押担保，领导才网开一面，同意他报考，最后他如愿以偿考上中文系，成为老家县城唯一的一名大学生。而村支书后来被举报擅自利用战友关系扰乱政审，背了个记过处分。知青非常感恩老支书，每年都会去看望老人家。这段忘年交，成为乡里同窗的佳话。"

"谁告诉你的？"吴主编听完感慨万千。

"吴教导。他说你和老支书都是他学习的榜样！"

"一晃这么多年过去了。曾经踌躇满志的青年，现在仍是一事无成，我对不起他老人家啊。"吴主编摘下眼镜，用手帕擦了擦潮湿的眼眶。

看着吴主编苦闷的样子，安生不忍心再说什么，"因为最终所有的责任还是要人家来扛，不能单凭自己的意气来强加于人，再说了，人家的决定也没有错，凭什么就要听你的。夏语嫣，你现在到了省立医院了吧，孩子们玩得开心吗？那些志愿者和郑斌斌一定是最棒的，我只能帮你这么多了，至少让孩子们过了个快乐的节日。"

恍惚间，安生的脑海里突然浮现出卡佛笔下的鲈鱼群，它们将要被洪水冲走，连同梦想。"对不起，夏语嫣，这次我没帮上忙，让你伤心了。"

第九章

1

昨晚虽然加班到报纸排版结束，夏语嫣一大早起床，仍是神采奕奕。真正开心的事，比烈酒的后劲还大，让人久久回甘，这不，夏语嫣在上班的路上，不自觉地哼起儿歌，当有人投来好奇的目光时，夏语嫣只是嘴角轻轻上扬，心里说，今天是六一儿童节嘛。

在地铁出站口，夏语嫣停在一家报刊亭前，她经常在这家报刊亭买些杂志。老板是下岗职工，前些年被安置到这里，倒落得个清闲自在，对自己的老顾客是一眼就能猜出要买什么。

"来一份今天的《江城日报》吧，都可以当作收藏品。"

"为什么？"夏语嫣笑着问道。

"破天荒，专版报道医院里的孩子们怎么过六一儿童节。就剩最后一份了。"老板一脸神秘的表情。

夏语嫣翻开报纸，浏览了今天报纸的内容结构，除了省市领导讲话调研、工地剪彩动工以及转载国内外重大新闻外，最醒目的就是六一儿童专版。一张轮椅上的小女孩，背对着镜头正出神地望着窗外摩天轮的照片，格外抓眼。另一张照片是她和其他小伙伴听一位大男孩手舞足蹈地讲故事，自然地露出了纯真的笑容。整个版面，你毫无例外地无法忽视一个事实：这些孩子，不管是男孩还是女孩，都是光着头，他们给每一位读者造成强大的视觉冲击，让你的心不由地一颤。

刚到报社门口，夏语嫣被传达室赵大爷叫住："夏记者，过来一下，我想和你切磋今天的'六一'专版。"

夏语嫣"唉"了一声，赶紧走上前。传说赵大爷在部队退役前，是个文艺青年，曾经给连队的广播站和团里自编的宣传内刊投过稿，一直杳无音讯，直到他在退伍前夜含泪写下的离别小诗，才被指导员在欢送会上朗诵，也算圆了他的文学梦。这么多年在报社当保安，算是耳濡目染，见人也会聊几句普希金的诗歌，让那些刚被编辑室退稿出来还嚷着世上已无伯乐的自荐者无比汗颜。

"夏记者啊，这张照片，只有小女孩的背影和摩天轮，要是能侧面拍到她渴望的眼神就更好啦。"

"可惜不是电影，镜头可以转换角度。"

"还有这篇《千里鹅毛　情深义重》，写一个警察同情帮助抢劫犯的女儿，你说我们江城真有这样的警察？"

"有，叫安生。而且这个抢劫犯有些特殊。赵大爷，我要进去打卡啦，下回再聊啊。"

办公区里，同事不像往常那样坐在自己分隔开的小空间里各忙各的，今天大家三三两两聚在一块，看夏语嫣进来，纷纷围上来，你一言我一句的。夏语嫣理了一下，基本是两种观点，一种是认可"六一"专版，说它图文并茂，有很强的冲击力，势必在市民中引起很大的反响；另一种是表达忧心，怕引起负面反应，尤其是担心拂了上头的意。

很快，同事们的情绪被一波接着一波的电话铃声调动起来。今天守在新闻热线电话旁的小韩可忙坏了，刚刚放下电话，又响起电话铃声，而且群众反映的内容都是同一件事，就是今天的"六一"专版太感人了！有的说这些孩子就像是自己的孩子，看着看着不自觉流下了同情的眼泪；有的说希望日报以后能更多关注这类群体，报道贴近老百姓生活的身边人身边事；有的提议：在下期能公布捐款账号，最好是夏记者和安警官的个人账号，想给白血病孩子和远在丽江的小女孩捐款。

传达室的赵大爷更是忙坏了，一个上午，跑上跑下，不停地接待访客。许多都是提着儿童礼物来的，说是要见夏语嫣，拜托转交这些六一儿童节礼物给病房中的孩子，并祝她们早日康复回到校园。有一位妈妈还带着她幼儿园的女儿来了，小女孩见到夏语嫣时，怯怯地说："我要把我的积木送给姐姐们，还要送给姐姐白雪公主的帽子，她们就不用光着头，全都变成白雪公主啦！"夏语嫣俯下身，深情地亲了下小女孩的脸蛋，认真地说："替姐姐们谢谢你，她们都会好起来的。"

临近下班时，办公区收到的礼物都快堆成小山了，李大红终于走出自己的办公室，瞟了下礼物，一脸不屑地说："走吧，吴主编通知全体紧急开会，看来上面发话了。"

夏语嫣不由得心里一沉，和同事们赶紧到三层会议室集合。会议室是个圆桌布置，靠墙的四周还放有许多椅子，除去外出采访的记者，平常这个小会议室临时开个会还是绰绰有余的。吴主编和报社其他领导不紧不慢地走进会议室，就座前，都不约而同地看向夏语嫣。这些细微的动作，都让同仁们预测到今天的临时会议一定和夏语嫣及"六一"专版有关。

"不瞒大家，我的心里也是忐忑不安的。单单我个人上午就接到好多电话，有群众的，有政府部门的，意见都一致，就是充分肯定咱们的'六一'专版！"吴主编朝夏语嫣点了点头，接着说，"市政府办公室专门转来市长的意见，指示卫健委和医保中心，今年年底前要和白血病供药厂家联系谈判，争取让他们降价，把他们的特效药纳入我市医保目录，让疑难重病，老百姓也能看得起！"会议室响起雷鸣般的掌声。

"另外，我们报社党委也简单碰了下头，决定如下：一、提前给夏语嫣见习期考核评定为优秀，无条件转正，纳入我社编制；二、报销夏语嫣本次采访所有的花销，另外我社派代表前往医院慰问孩子们；三、应一些热心群众的要求，在下期报纸上刊登夏语嫣或安生警官的个人账户，接受他们的捐款。夏语嫣，你和那位安警官联系一下，你们一个当会计，一个当出纳，群众相信你们，后续要办好这件事。夏语嫣，你也谈谈想法。"

幸福来得有些突然，一向口齿伶俐的夏语嫣，被吴主编一番溢美之词夸得头脑有点发蒙，这时反而显得有些害羞。她自己刚从象牙塔走出来，对社会充满好奇，对未来充满憧憬，满腹经纶，也曾梦想成为一名大记者，像央视新闻热点主持人那样，干出一番大事业。可是理想很丰满，现实很骨感，若不是和安生到丽江采访，接触到事件背后的辛酸的故事，若不是每周一遇见推着轮椅去就医的坚强的母女俩，若不是昨天那几位善良的志愿者和警察歌手，夏语嫣能萌生出如此大胆的想法吗，即使有这个想法，要是没有他们的帮忙，也不可能诞生这么震撼读者的文稿。

"谢谢报社领导的英明决策，谢谢前辈们的热情鼓励。其实，这次'六一'专版，也是多方合力的结果，不是靠我一个人努力就能弄出来的。我知道人性有善有恶，我更愿意相信人的本性是善良的，今天收到这么多的礼物和慰问电话，许多都是无名的，就是最好的证明，对我也是一次很好的教育。只要我们俯下身子，亲近民生，用手中的笔杆，写出有温度的文字，春满人间，不会只是'柏拉图式'的理想国。"

散会后，夏语嫣主动敲开主编室的门，当面致谢："感谢吴主编采用我的方案，为我承担这么大的风险。"吴主编说："要谢就谢你的警察同学，说实话，我一个快退休的人了，稳妥起见，当然想用李大红的稿，你到医院采访那天，你的警察同学找我谈了这事，现在的年轻人哪，有想法，有担当，我被他的诚意打动了，结果反响这么好，我这颗悬着的心哪，终于可以落地了。"夏语嫣问："是哪个同学？"主编说："我累了，一宿没睡，该我办的事都办好了。"

下午下班前，夏语嫣分别给安生和李大满打了个电话。

"安生，告诉你一个好消息，丽江之行的通讯稿在'六一'专版发表后，有热心的读者想要捐款给江大妹一家，能否给我发个你的银行账号？"

"多谢美意！不用啦，我这几天正想着在我们同届的警队里发动捐款，成立助学基金，至少能保证孩子念完初中，那时陈家辉也差不多出狱了。"

"好吧，有拜读过本小姐的专栏大作吗？我可是昨天只花一个下午的时间就搞定的！"

"厉害，但要时刻保持谦虚谨慎不骄不躁的优良作风。"

"谢谢后桌的提醒。表扬一下，有那么难吗？"夏语嫣嘟着嘴，放下电话，接着打给李大满。

"大满同学，下班后单独请你吃饭！"

"别、别、别，说好的我请你，已经都安排好了。什么事这么开心？"

"你没看今天的《江城日报》吗？成功了，多亏大侠暗中相助，要不，今天一定泡汤了。"

"呃……"

"别再瞒我了，'六一'专版的事，前面我只跟你讲过，除了你，还会有哪路神兵天将？"

"什么事都瞒不过你，一起庆祝一下！"

2

"今天是我们区队全体队员入警一周年，去年这时候，我们收到了省人事厅大红章盖的录用通知书，金榜题名时，我们一起圆梦警营。一年来，一起新警训练，一起像钉子一样扎根基层，今夜，让我们用青春抒写激情，用酒杯见证友谊！下面请陈胜利教官说两句，大家鼓掌。"陈棋代表区队，主持今晚的周年庆。

在一片热烈的掌声中，陈胜利教官走上台前，他不管穿什么衣服，走起路来腰杆永远都是那么挺直，仿佛他的背上贴着一块钢板，所谓"坐如钟，站如松，行如风"，他就是最好的标杆。

"有缘千里来相会，我有幸能带你们这届，你们顽强的作风和坚定的意志，给我留下了深刻的印象，希望你们不忘战友情谊，在平凡的岗位再立新功！二队是我管得最严的中队，不会埋怨我吧？下面先请二队的李大满上台来讲两句，他已经是禁毒大队副中队长了，年轻有为！"

李大满壮硕的手臂，一手拎着葡萄酒瓶，一手拿着扎啤杯，对着麦克风，说："谢谢兄弟们关照，一切尽在酒中。"说完，把葡萄酒倒进扎啤杯，"咕咚咕咚"一饮而尽，下面一片叫好声。

有了李大满做示范，大伙一边吃饭叙旧，一边吆喝着每个中队都要派代表上台，一口干掉一扎葡萄酒。当代表们摇晃着身子下台来，所经之处，惊起一滩"鸥鹭"。等所有的中队都轮完后，大家以为不会再有人敢上台喝酒时，安生却端着满扎的红酒走上台，把气氛推向了高潮。

"兄弟们，二队代表已经喝过了，这杯是我个人有求于大伙，就是前一阵子拜托大家寻孤的事，我到过他家，家庭很困难，小女儿下学期要失学了，恳请兄弟们伸出援手，捐点钱，我打算成立专门基金，供她两年学完初中。账号我发到群上，这杯我先干了。"安生说完，抬头把手中的酒往嘴里灌，很快就喝完了。"一句话的事，捐！"台下已经呼应一片。

快十点了，杯盘狼藉，人仰马翻。二队还要继续，有人提议："一起去泡个温泉，来江城这么久了，哥儿几个还没去泡过真正的温泉，好久没聚，以前新警集训时天天夜聊，好久没这么痛快喝酒，边醒酒，边侃侃大山。"

大池子里冒起热腾腾的蒸汽，一股硫黄的味道扑鼻而来。靠墙壁的位置，两座古希腊神话的雕塑栩栩如生，力与美通过凹凸的线条展露无遗。

"听说大满哥都已经有女朋友了？"

"人家可是双喜临门，爱情事业双丰收！"

"瞧你那酸样，自己加把劲，连郑斌斌都开始拍拖了。"

"斌斌，快过来辟谣。"

不知是因为红酒的后劲，还是害羞，郑斌斌红着脸，一副向组织坦白交代的样子，说："是有个女孩，最近经常到一号岗，给我送些水果沙拉之类的消暑点心，人家只说是慰问人民警察，不是你们想象的那样拍拖。"

"为什么不慰问全市其他岗亭？"

"我们熟一些。"

"这不就对了嘛，叫什么名字？做什么的？长得漂亮吗？"

"得、得、得，你们这是审问犯人吗？郑斌斌，说说看，我也好奇。"安生嬉笑着凑过去。

"这是你说的啊，我可全部坦白交代啦。她叫范丽丽，省立医院的护士，刚毕业，貌若天仙，是你……"

"好好打住，有需要兄弟们加把火，吱一声。"安生赶紧转移话题，"咦，郑斌斌，大家都脱光了，就你还穿小裤衩，不会是女扮男装吧，瞧你细皮嫩肉的。"

二队的全围过去，想要强行扒光。郑斌斌连忙沉入水中。

"咦？屁股上还有块胎记，怪不得这么害羞。"

安生心中一颤，陈家辉不是说他儿子臀部上有块胎记嘛，难道？安生赶紧认真地问郑斌斌："陈家辉被抱走的儿子欢欢臀部上就有胎记，你不会是……"

"去去，寻孤寻疯了你，我爸是因交通事故离开了人世，你这样说，会冒犯他在天之灵的。"郑斌斌看来有些生气。

李大满也听不下去，责怪安生道："一个抢劫犯值得你这么同情他吗？帮他寻孤还不够，还要资助他家里人。"

安生听大满这么说，也火了："你摸摸自己的良心，你为什么能有今天！"

"好了好了，别吵了，今天是周年庆，咱们二队历来团结得像一块钢板，这才赢得别人的尊重。兄弟阋于墙而御侮于外，很久不见，聊聊近况，互通有无。"

"我在一号岗天天站台，别人不喜欢，我却喜欢这个岗位，我觉得它最适合我，不用去抓摩的和三轮车。有一个摩的司机自从我放他一马，没把他的摩托车移给城管，他就特感激我，每次一见到我左一声斌哥右一声斌哥的，有一次，我在路口执勤时，他三岁大的儿子给我敬礼，那可爱的模样，真让人忍俊不禁。"郑斌斌沉浸在幸福的回忆中。

"我呢，刚到禁毒大队，最近市里连续发生三起抢劫摩的司机的案件，利用中午警察下班时间，以雇车为名，坐摩的到郊外后再实施抢劫，作案手法如出一辙，我们估计是吸毒的人才会头脑如此简单，对了，斌斌，你在一号岗，帮我多留意一下。"李大满俨然一副副中队长的派头。

"这才对嘛，二队就应该互相通气，相互协作。谁最二？"

"二队最——二——！"池子里的人异口同声地喊出来。

3

一整天，安生的手机短信响个不停，每响一声，意味着他专门为江大妹一家开通的账号就有人捐进一次钱。有两百的，有五百的，除了警队同届队友，还有就是所里的同事，其中蔡所长和吴教导员也以个人名义捐了一千元。

老陆见到安生时，不解地问："你在微信上说，只接受警队和亲朋好友的捐款，为什么不接受陌生人的捐助？"

"我觉得这些加上自己的，差不多够了，没必要给其他人增添麻烦。我希望卡上所有的款项来源都是清清白白，这样跟江大妹说明清楚，人家才会接受。"

"好徒弟，还是你想得周到。"老陆拍拍安生的肩膀，"算我一份，我也捐五百。"

"师傅，这怎么行？"

"钱乃身外之物，想当初……"

"想当初，您一百万都不在乎，我耳朵都快听出茧了，师傅，我还要去统计下数目。"安生也学着大家赶紧溜号。

当天傍晚，安生统计了下数额，加上自己的五千，差不多二万五，至少能解决孩子念书的燃眉之急。正想把这个好消息告诉给夏语嫣，手机短信又响了一声，安生低头一看，"乖乖，单单一笔就一万！转账人是伊湄。她一个大学生，怎么会有这么多钱？"

安生立即拨通了伊湄的电话，问道："你怎么会有这么多钱？钱哪儿来的？你到底在想什么？"

"警察都是这么感谢人吗？这么多问题，我先回答哪一个哟？"

"是我鲁莽了，只是对你的捐款行为有些不理解。"

"想知道为什么吗？明天早上8点到师大门口等我，刚好周末，陪我到'云上岭'高尔夫球场打球。"还没等安生考虑好要不要去，伊湄已经挂掉电话了。

　　一个大男人还怕一个小女生不成，至少得弄明白她的钱是哪儿来的，如果来路不明，安生是绝对不会收的。周六早上，安生一身白色运动装，头戴灰色便帽，如约来到师大门口。他那匀称身材，加上柔和的面部线条，让他更显少年英俊气质，引来一众女学生的侧目偷瞄。

　　"很守时嘛，安生，走吧，从我们大学城打的过去，过个江就是郊县了，喏，球场就在对面山脚下。"

　　相较于安生，伊湄今天从上到下，全套专业的高尔夫球衣，以白色和藏青色为主，帽子和裤裙是藏青色，短袖上衣和鞋袜是白色，蓝白搭配清爽大方。尤其在翻领开襟和腰部处，用螺纹提花装饰上下呼应，显得调皮可爱。

　　"才一个月不见，不认识我啦？"伊湄款款走出高尔夫球场更衣室。

　　"都说女大十八变，我看你转身换件衣服，就是百变女神。"安生不明白自己今天嘴巴怎么像抹了蜜似的甜，"我是个菜鸟，多多指教。"

　　"那我就当回老师吧。"伊湄递给安生一个球杆，走向发球区。

　　"这儿的空气真甜啊！"安生深吸了一口，并不急于开球。站在球台之上，碧绿的山野尽收眼底。小山包错落起伏，整片整片的草坪朝天际铺排而去，未修剪过的呈墨绿色，修剪过的击球区草坪则是鹅黄绿，像两只托举的手，掬住一汪瓦蓝的湖水。人工湖边，有一个小树林，既可与外界隔开，又成为球场的一部分，作为障碍区。

　　"冬天再来，这片小树林黄起来的样子，就像童话世界。"

伊湄循着安生的视线，想起它们层林尽染时的最美时光。

"你经常来吗？"

"以前我爸经常会带我来，自从他娶了年龄只比我大五岁的后妈后，我再也不跟他来了。"伊湄幽幽地说。

"她对你不好吗？"

"她看中的是我爸的钱！在我爸面前，假惺惺地对我很好，又是端汤又是嘘寒问暖的。我倒希望我爸没钱，我们父女俩像平常人家那样，快快乐乐地过日子。"

安生不禁同情起伊湄来，小小年纪，没有家庭的温暖，纵是物质的富足，也难抵精神上的空虚。人就是这么奇怪，没钱的烦恼，有钱的也烦恼，可谁能真正做到无欲无求呢？

"来打球吧，我先示范一下。站稳，重心保持在中间，抬臀，左肩略高于右肩。挥杆时，手臂夹紧，让重心向主力腿倾斜。与此同时后腿弯曲，接着以脚尖为指点旋转，从而完成击球动作。"伊湄说完，就是一记漂亮的击球动作，球"嘭"的一声凌空飞起，划了个优美的弧线，越过湖面，直接朝果岭奔去。

安生本来正看着她提臀俯身的性感曲线发呆，等伊湄把杆递过来时，才发现刚才教学的动作根本没去认真听。凭着本能的运动直觉，对准支架上的球就是一个重击，球也"呼"地飞了出去，只是没吃上力，飞不远，就落到水上了。

"以前有打过吧，动作这么帅！"伊湄满脸笑容夸赞道。

"在练习区打过一次。"安生不想说从没打过，在美女面前。

"下次我们叫个球童，全区域比赛？我最好的成绩打过老鹰球。"

"手有点生，让我先熟悉熟悉吧。"挥出几杆后，安生的动作标准多了，俨然一副专业球手的样子。

"咱们到休息区坐坐吧。"伊湄对这里的环境很熟悉，像个老客户。

再次穿过大厅时，安生不由自主地抬头看了下吊灯，因为大厅高度直抵楼顶，所以从厅堂的天花板上垂吊着一盏巨大的水晶灯，高约几米长，由许多大小不一的水晶柱构成，反射出金黄的光，给人一种"满城尽带黄金甲"的土豪感。

在软饮区，氛围布置得像咖啡馆的轻奢情调。三面全是玻璃落地窗，上半部分用青蓝色格子的布艺窗帘挡光，透过下半部分的玻璃窗，可以一览球场的风光，满屏绿色，让人心旷神怡。

"先生，您要点什么饮料？"服务生尽量压低声调，发出甜美的声音。

"来两杯咖啡吧，卡布奇诺。"安生喜欢热饮的咖啡。

"不好意思，先生，伊小姐可能习惯喝 Flat White。"

安生看向伊湄，眼神是询问好奇的意思。伊湄点了点头，说："就是澳白，我喜欢味道浓郁点的咖啡。"

"常客？"

"算是吧，我爸是他们这里的钻石会员。"

"钻石？比金卡会员还要高一级吧。"安生习惯性推理，职业病了。

"是的，年费差不多一百万吧。所有登记的家属，都可免费带朋友过来。没和威威分手前，我们有时周末也会过来。"

"就是让你差点想跳河的威威？"

"是的，我们认识挺久，也海誓山盟过，可是他家里人变卦，非要逼他和另一女的结婚，她爸是搞商业地产的，对威威家族企业帮助更大，纯粹就是商业绑架婚姻。安生，你说，爱情就是用金钱来衡量的吗？"伊湄的眼中泛起一丝哀怨。

"不是的，伊湄，你读过《霍乱时期的爱情》吗？真正的爱情可以穿越生死，经得起时间的考验。咖啡的醇香可能短暂就会消失，而埋藏于地下的酒，却能历久弥香，时间是它的炭火，青梅煮酒，儿女情长。"安生想起夏语嫣的葱白脖颈，想起她楚楚动人的样子。

"好美啊，把我感动到了。"伊湄眼中闪烁着泪光，满是憧憬的幻想，"安生，如果昨天我没捐款，你会不会不再联系我了？"

"怎么会呢，你已经是我微信好友了。那一万块钱，怎么来的？"

"只要我开口，我爸立即就会转过来，我可不想他把所有的钱都给那个女人花掉。我看过《江城日报》关于你的那篇通讯，没想到失孤的家庭这么痛苦，能帮上忙的地方尽管说。赠人玫瑰，手留余香，这个道理我还是懂的。"

"那我就收下了，替她们一家人谢谢你！"

当服务生再次经过座位时，伊湄叫住了她："以后我要的咖啡改成卡布奇诺。"

第十章

1

过完端午节，江城才正式进入夏天，阳光变得炙热，爱美的女士出门手不离伞，骑车的会特意往路边行道树的树荫下经过，在阳光下多晒一会儿，后背的衣服就会被汗水濡湿。一号岗还好，就在桥头，从宽阔江面送来的风，让人感觉春意犹存。

下完早高峰，郑斌斌没像往常那样回队里洗漱，而是坐在岗亭里，对着保鲜的泡沫盒和一碗冰凉烧仙草发呆。这是一碗经过精心准备的凉品——红豆芋圆烧仙草，黑色的仙草冻，咖啡色的蜜红豆，紫色的紫薯芋圆，加之乳白色的牛奶，这样搭配成的颜色，在视觉上就是艺术的享受。尤其是范丽丽说的"这是我亲手为你做的"这句话，一直回荡在郑斌斌的耳畔，声音如此甜美。自从父亲溘然离世后，郑斌斌心里一直攒着劲，现在他是这个家唯一的男人，他要担起责任，为自己，为这个家，也为天堂的父亲。他很努力，要求自己什么事都要尽量做得完美，无形中给自己造成了压力，日常也是紧绷着弦，直到他遇见范丽丽。范丽丽是个很感性的女孩，她会为病房中的孩子伤心，甚至流泪；会为见到郑斌斌逐开颜笑，毫不掩饰内心的喜悦之情。每天清晨上班时，都会顺带一份早点或是水果沙拉给斌斌，笑吟吟地说："拿着，要吃完。"转头害羞地骑车跑开，扔下一脸幸福的郑斌斌。协管员起哄说："爱心早餐来啦！"郑斌斌憨憨地冲他们笑，美好的一天就这么开始了。

　　听说郑斌斌这几天中午会值守岗亭，范丽丽也没多问为什么，今天一早就送了这么一份芋圆仙草冻，说是能解暑。郑斌斌本来想当艺术品来欣赏，但多数时间都是对着它傻笑。临近中午，实在肚子饿了，才吃上一口，没想到这么好吃，三下五除二竟然风卷残云了。中午值守岗亭，是他昨天主动向大队领导汇报过的，领导也知道这事，近期已连续发生三起抢劫摩的的案子，从城里到郊区，肯定得经过一号岗，虽然这事不归交警管，但涉及摩的，市局领导怪罪起来，交警部门也难辞其咎，所以立马答应郑斌斌的请战，吩咐道："有情况，立即通知队里增援。"

　　中午十二点多，是饭点，郑斌斌躲在岗亭里，眼睛却不离路口，只要红灯亮起，出城的机动车道有摩托车停下时，他就会快速地走出岗亭，对可疑的摩托车进行盘问。协管员说："这方法好，有问题跑都来不及，就是有些费事。"郑斌斌笑着说："我以前就是用这个土方法才逮住摩的。"看着大中午日头比较晒，郑斌斌让协管员们先回去休息，自己继续蹲着。他有这个耐心和韧劲，父亲说过，复杂的事情，重复一百遍就变得简单了。一点左右，正是人最懈怠的时候，郑斌斌发现了异常情况。

　　正当红灯亮起，所有机动车都停车等待的时候，有辆摩的引起了郑斌斌的警觉，不是因为他有什么特殊举动，而是因为他没和自己打招呼！正常他只要一遇见自己，老远就会热情地招呼："斌哥好！"对，就是那个自己曾经放过一马的摩的许三。许三明明看见自己在不紧不慢地走过来，却假装不认识，眼睛直视前方的红绿灯，身后坐着一个身材较高的男子，头戴鸭舌帽，看不清脸，更看不清他的右手！新警集训时，陈胜利教官说过，嫌疑人的右手是最重要的身体部位，也是最危险的部位，决定你抓捕的预判和时机。此时，他俩恰好被堵在车流中。

"骑摩托车的，都把头盔戴好了。"郑斌斌边走边说。

摩的司机把前方车架上的头盔，转身递给鸭舌帽，郑斌斌看到他的右手伸进司机的后背衣服里，隐隐握有一把匕首。

"抱孩子那个女的，坐在后面注意安生。"郑斌斌指着后面一辆摩托车，关切地说道。

"好的、好的。"

郑斌斌经过鸭舌帽身边时，用余光看到他放松警惕，就用左手抓住对方的右手，用右臂突然锁喉，把鸭舌帽控制在地，一把明晃晃的尖刀"哐当"一声掉落一旁。

"斌哥威武！"许三跟着下车，配合郑斌斌，紧紧地压住鸭舌帽，让他动弹不得。周围的群众，也纷纷上前，抓手的抓手，脱腰带的脱腰带，等增援的警力赶到现场时，早已把鸭舌帽捆个结实，要不，怎么说人民群众力量大呢？

"你吸毒了？"郑斌斌看到鸭舌帽手臂上密密麻麻的针孔，已经猜到二三了。

"我坦白，我要立功，是一个叫阿彪的人卖给我的。"

郑斌斌心中一震，"阿彪？！是不是安生托大家要找的阿彪？

寻孤线索的知情人！真是'踏破铁鞋无觅处，得来全不费工夫'。乖乖，自己送上门来了。"

在交警大队的办案区，刑警大队和禁毒大队都来人了。大家各取所需，刑警队把鸭舌帽带走了，禁毒大队的李大满，也掌握了第一手关于阿彪的贩毒线索，只有安生焦急地拦住李大满，申请加入抓捕阿彪的行动。

"大满，你知道的，陈家辉DNA比对至今，一点消息都没有，只有失踪孩子DNA也进库了，才有可能比对出来，这条途径希望渺茫。现在唯一的线索就是阿彪了，只有他知道被拐孩子欢欢的下落。按他敲诈勒索的贪婪本性，和贩毒的犯罪行径联系起来，很可能就是同一人！"

"这又怎样，现在我是禁毒大队副中队长，由我来主办这起案子。况且斌斌能抓到抢劫犯，也是我提供的线索。"

"没想和你抢功，我只是请你在抓捕时让我一起参加。"

"怕你会打草惊蛇，贩毒的，很危险，得由经验丰富的禁毒民警来抓捕，你们派出所只会抓些小毛贼。"

"摸摸自己的胸口，没有陈家辉的案子，你能当上中队长？！"安生再也忍不住，憋在心中许久的话终于爆发出来。

李大满把头摇得像拨浪鼓似的，安生也不示弱，拦住李大满，大有一副不答应就不让走的意思。看他俩争得面红耳赤，郑斌斌分开他们，说："都是二队的，还分你的我的，要我说这样好不好，案子还是李大满主办，抓到后算大满的。安生想参加抓捕就让他来，了却一桩心愿，而且口供也说阿彪会在'欢快人间'夜总会出现，这是临湖所的辖区嘛，多个人多个照应，于公于私都说得过去。"

安生点头，表示同意。李大满沉吟了片刻，嘴角泛起不易觉察的笑意，说："可以，但是安生，明晚在夜总会抓捕的时候，你要带上女朋友，不管是真的还是假的，这样才能不引起怀疑，总不能两个大男人上夜总会逛荡是吧？基友啊？"

"可是……"安生有些迟疑。

"没什么可是的，明晚，就这么定了！"郑斌斌为自己成功当回和事佬的角色很满意。

2

到哪儿找女朋友？

从昨天交警大队出来，到今天下午，这个问题反反复复困扰着安生。即便是假女友，也不可能学大龄剩男那样，过年租个女友蒙混过关吧。这是危险的活，最少也得是个熟悉的女性朋友，能服从命令会打配合的那种。今晚的行动向蔡所长汇报过，所长也表示支持："要是能协助禁毒大队抓获毒贩，在局里考评中是有加分的，考虑到所里窗口的女同志都不是年轻会玩的那种，这个得你安生自个儿想办法。"

平日里，安生忙于工作，没空参加什么交际活动，自然也没认识几个女性朋友。夏语嫣比较合适，但人家是李大满的女朋友，叫她来参加危险行动，李大满不暴跳如雷才怪。伊湄有一起打过高尔夫，那也是为了弄清捐款的事情，怎么好意思再麻烦一个小姑娘。放弃呢，更不可能！这是最后能找到欢欢的机会，只有当面问清楚欢欢卖到哪里，才能弥补他从警办的第一起案件的遗憾。

要是阿彪被李大江满送进看守所，后面根本问不到消息。

正当晚上行动的时间越来越近，安生逐渐焦虑起来的时候，伊湄打来电话，说："今晚周五，本姑娘学习一周了闷得慌，请我到哪里玩玩，随便哪儿都行！"

"今晚没空，要带个假女友，有行动。"安生没多想，一口回绝。

"假女友？这么好玩，做真女友都没问题！过来接我。"说完就挂断电话了。安生苦笑，这小妮子，风风火火的，还没问清是咋回事，就要参加今晚的行动。不过这种率真的性格，安生倒有几分喜欢。

按照李大满约定的时间，安生领着伊湄进了"快乐人间"夜总会，先是通过安检门，由四名块头高大的保安值守，主要是用红外线识别是否携带管制刀具。转个弯，是个装修豪华的通道，过道上站着一排青春靓丽的"公主"，身高一米七以上，穿着统一，上衣缀满镀金饰物，反射着头顶射灯打下的金光，在昏暗的视线里，显得特别魔幻。

安生挑了个角落位置坐下，这是个四人桌，坐在最东一侧，可以瞧见整个大厅舞池，适合实时把控全场动静。过了九点饭局结束的时间，舞池里的人渐渐多了起来，音乐起初是舒缓的，以时尚流行为主，慢慢地随着年轻人增多，酒精上头，台上的DJ领航者开始把节奏调快，配以酷炫的灯光，气氛很快上来了。好几次，伊湄忍不住，想拉安生一起加入舞者，都被安生使了个眼色打住，只好在沙发椅上不停地往安生身边挪。

"这样才算男女朋友嘛，装也要装得像些。"伊湄眼中含情脉脉，安生低下头，避开火辣的挑逗。

这时，李大满牵着一个女的手，在安生对面坐下。熟悉的香水味！安生抬起头，无比吃惊，真想立即从伊湄身边弹开，安生想臭骂李大满一顿，"为什么非得让我带个假女朋友，还要当着夏语嫣的面！"

"这儿危险，为什么带上她？"安生故作无所谓，随口问问。

"今晚我主角，注意配合。"李大满不屑地说。

"只许你带个漂亮妹妹来，就不许我暗拍啊。"夏语嫣讽刺道。

安生不再说话，把目光移开，投向狂欢的人群中。其实，他的眼神是虚的，脑中还想着夏语嫣今天惊艳的打扮。她上身着红色低胸露脐装，整个葱白的脖颈都露出来，脖子上还戴了条精致的锁骨链，配以烈焰红唇，两耳挂了对银白色的耳环，在灯光下像水晶一样闪耀。下面穿了件花色紧身、富有弹性的束裙，把她髋部优美的曲线完美地展现出来。不知是紧张还是不安，安生感觉喉咙有些干，伸手拿来桌上的冰镇果饮，"咕咚"喝了一大口。

"您好，您是夏语嫣姐姐吗？我是伊湄，师大在校生。"伊湄似乎瞧出了什么，想起自己跳江时安生紧急中喊的话，就想验证一下。可她不说则已，一说惊掉了整桌人。

"哟，都熟到这份上啦，不会把我的事全告诉你的小妹妹吧？"尽管夏语嫣讲话不冷不热，但在安生听来，如芒刺背。

"男女朋友，当然比同学亲更亲近啦。"李大满唯恐开水还没沸腾。

"大满，你……"

"是你喊着要带女朋友来的，没人逼你。注意正事！"

安生赶紧平复情绪，开始认真打量过往的男性。按他的推断，毒贩一定会来回走动，寻找确定的买家，他的眼睛一定是四处打探，与纯粹来玩的年轻人绝对不同。这时，过来一个一身嘻哈打扮手臂文身的小子，他的眼睛盯着伊湄，咽了口水，猥琐地自言自语："好马子！"

"要不要跟上？"李大满低声问安生。

"不是他！他的眼睛是往女人身上看的，我们要跟踪的目标，眼睛应该是往男人身上看的。"安生坚定地说。李大满心里暗暗佩服，便不再作声。

过了一会儿，安生把目光聚焦到一个穿花色T恤的精瘦男子，一副无所事事的样子，他的目光游离不定，不是盯着美女看，而是往正玩得起劲的男生们看，针对不特定的人，仿佛在搜寻着猎物。他在舞池里绕了半圈，没找到要找的人。那些狂欢的男孩女孩，正兴奋地跟着台上劲爆的领舞美女左右摇摆，根本没有人去关注他，除了安生。

根据线索，阿彪并不是想象中身材魁梧的彪形大汉，反而看上去很瘦，四十来岁，安生猜测，这样最符合小毒贩的特征，有的吸毒者本身就是以毒养毒。当花衣服的男子扭头走向包厢区时，安生起身跟了上去，伊湄作为伪装的女朋友，小跑着牵住安生的手。安生和他保持着十来步的距离，差不多一个拐弯的位置，既方便隐蔽，又不会跟丢。男子也是经验老到，反侦察意识很强，走几步就会回头看一下，偶尔被看到，安生假装若无其事地揽住伊湄的小蛮腰，一副花花公子的浪荡样。伊湄一点也不抗拒，倒希望这不是演戏，最好是真的。因此，两人配合得天衣无缝，没引起男子的任何怀疑。

男子在最后一间包厢停住，再过去就是厕所了。他透过木门上面的琉璃，往里面瞧了瞧，估计是熟人，就敲门进去。安生正想也从玻璃处往内瞧，侦察下情况，看看是否开始交易。这时，门突然又开了！安生反应很快，转身抱住身后的伊湄，对着她就是一番狂吻，两人身体紧紧缠在一块。安生呼吸急促，伊湄面对突如其来的热吻，刚开始还没反应过来，下一秒便张开嘴，伸出舌头，和安生舌吻了起来。

"过去就是厕所了，这么猴急！"花衣服男子探出木门的脑袋，又缩了回去。

安生确定男子关上了门，才放开伊湄，伊湄红着脸，很烫。"你好坏！"伊湄娇嗔道。这一幕，被后面跟上来的李大满和夏语嫣刚好撞见，原来当时安生一起身，他们也随后跟上，也保持着一个拐弯的距离，作为接应。谁能想到竟会目睹如此火辣的一幕。

"真是酒色生香啊！"李大满幸灾乐祸。

"恶心！"夏语嫣不知道哪来的这么大的火气。

安生没空解释，要是跟夏语嫣解释，反而是此地无银三百两，要解释也该是事后再跟伊湄解释啊，怎么也轮不到他们，何况此刻情况紧急，容不得他多想。

安生透过玻璃，看到花衣男子从内兜里掏出一小包白色粉状物，安生便朝李大满示意预备。当男子接过包厢房客的现金时，安生用左手手指做出"三——二——一"的倒计手势，两人便破门而入，李大满摁住花衣男子，安生截下赃物，大喝一声："警察，都不许动！"

后面赶来的禁毒大队的民警迅速控制住场面。一场里应外合的抓捕真实体验，让两位姑娘大呼过瘾，暂时忘掉不快。

3

回到家后，两位姑娘久久难以入眠。

夏语嫣万万没想到，安生竟然有了女朋友，年轻漂亮，男人都是喜欢更年轻更单纯的小姑娘吗？夏语嫣更没想到的是，自己竟然为之生气，安生只是初中同学，多年未见，老同学有了貌美如花的女朋友，应该为他感到高兴才对，自己怎么这么失态，讽刺挖苦人家不说，就差一巴掌打到安生的脸上才够解气。难道？夏语嫣不敢再想。

伊湄是兴奋得睡不着，今晚如此惊险刺激，像电影大片一样，伪装，跟踪，热吻，还有情敌。原先以为安生是个内向的男孩，正人君子一个，没想到竟然当着这么多人的面强吻自己，他的舌头坚定，不容置疑，让她早早投降，她渴望安生也能像俘获猎物那样，勇敢地征服自己。可是，安生口中曾说的为之失恋的夏语嫣，真有其人！当她出现在安生面前时，凭女人的直觉，安生还在喜欢她。值得安慰的是，夏语嫣是李大满的女朋友，表面上看，他们俩关系不错，可是，真实情况呢？到底是真女友还是假女友？伊湄无法明确，抱着这个问题，进入了梦乡。

李大满和安生却未敢合眼，在禁毒大队的预审室里，两人攻坚审问阿彪，想问出各自想要的答案。

"阿彪，给我老实回答，今晚除了这单，还成了几单？"李大满目光威严。

"我是第一次碰白粉，和朋友玩玩而已，不卖。"

"你这是贩毒！人证、物证俱全，今晚跟踪你好久。"

"没想到栽在你们手里。自认倒霉。"

"上家谁？立功就能减刑！"李大满抛出核心问题。

"粉是我捡来的。"

"这种东西，天上会掉下来？偏偏就掉在你的跟前？跟我们打马虎眼，没门！"

阿彪不再说话，眼睛看着地板，一副死猪不怕开水烫的样子，两人陷入僵局。安生接过话题，"阿彪，我不问你毒品的事，我想问点其他小事。"阿彪抬起头："什么事？"安生说："你让陈家辉用五万块买他失踪儿子的消息，他儿子在哪儿？"阿彪说："钱呢？"安生说："都什么时候了，还敢跟我谈钱，你害他去抢劫，进监狱了。"阿彪冷笑一声，"有种！"安生大怒："你还是人吗？"

又是沉默。

安生陷入沉思中，今天早上，曾和江大妹DNA比对失败的李凯，从江西给安生打来电话，特意表达感激之情，感谢安生重新帮他采集血样，录入最新准确的数据。没过多久，警方通知他新的比对结果，经过复核，李凯找到了亲生父母！

那天，媒体很多，但李凯什么都不顾了，一见面，直接"扑通"跪下，给父母磕头。江大妹的遭遇让他明白，失孤的父母从不轻言放弃！这么多年，他们咽下的辛酸和痛苦，常人是无法想象的，这一磕，是对父母对自己不离不弃的感恩。满脸沧桑的父母见状，老泪纵横，也双膝跪地，不停地哭喊："对不起你啊，孩子。"而后三人抱头痛哭。

安生听后，无比动容，只有将心比心，才能感同身受，李凯终于从当初的埋怨，转为理解与感恩。安生为李凯感到高兴，一家人终于团圆，却为寻找欢欢的事，愈发焦虑，阿彪成了寻找欢欢最后关键的线索，安生暗下决心，无论如何，必须拿下。可是现在，毒贩阿彪唯利是图，眼里除了毒品和金钱，其他什么都不重要。

　　"孩子臀部是不是有块胎记？是不是被一个姓赵的从云南卖到江城？"阿彪趁李大满出去向领导汇报的空当，主动和安生聊。

　　"是。"安生眼中熄灭的火，被重新点燃。

　　"他对你来说，真的那么重要吗？差不多过去二十年了。"

　　"很重要！我答应过，一定要帮忙找到！"

　　"那时我还很年轻，当马仔，消息灵通。孩子被卖到我们弄里的一个木匠家里，外来户，刚到江城，邻居街坊知道他有这份手艺后，便每逢有婚事，都会向他订制一套家具。别人以为孩子是他亲生的，只有我知道是从姓赵的手里买过来的。看他老实，平常对我挺好，就不去揭人家的老底。咱们做个交易，有兴趣吗？"

　　"只要不违法，能帮上忙，我会帮。"

　　"我告诉你孩子的家庭住址，你把我贩毒的案子，改成吸毒的治安案件。"

　　"这不可能！证据确凿。"安生几乎要跳起来。

　　"那我让一步。贩毒，我认了，你把桌上的那包粉倒掉，换成白灰、洗衣服粉什么的，这里没有监控探头，就我们两个，反正包里的东西还没验收，没人知道！"

　　"亏你想得出来，这是违法，我不可能干的。"安生态度异常坚定。

"嘘，小声点，我最后再让一步，倒掉一半！让我少坐几个月牢，不行的话，一切免谈！"阿彪闭上了嘴，再也不开口。

安生从桌上李大满丢的香烟盒里抽出一根，用打火机点燃，深吸一口，再缓缓吐出，这是他念初一时和李大满躲在厕所里学来的，自从夏语嫣转学来了以后，他再也不吸烟了，习惯一直保持到现在，有时候在空调房吸进别人的二手烟，他都会感到呛。今天不知道为什么，心里千头万绪，像烟圈，越缠越绕。仿佛自己深吸再长长一吐，就能把所有的烦恼都吐掉。

烟叶上的火星，忽明忽暗，像一个人隐藏的心思。

那根烟被一口一口地越吸越短。阿彪把头靠在墙壁上，惊恐地望向安生，因为此刻静得可怕，只剩嘴唇吸动香烟的轻微声响。安生的眼里布满血丝，像一只饿慌的猎豹。"但我阿彪也是混过江湖的，什么大浪没见过，今天就是吃定你了，怎么着？"

安生放下烟头，掐灭，起身，一声不吭地走向阿彪。阿彪露出鄙夷的眼神，胜利的喜悦让他不由自主地跷起了二郎腿。突然，安生攥紧拳头，一拳挥了过去。

"啊——"阿彪惊叫一声。

"怎么回事？！"刚好李大满跑进门来。

阿彪吓得目瞪口呆。安生拳头"咚"的一声重重地砸在墙壁上，手臂几乎是贴着阿彪的鼻尖擦过，砖墙发出沉闷的回声，在房内每个人的心上，久久回荡。

4

伊湄没想到，夏语嫣竟然会约自己一起去岚岛追"蓝眼泪"。

想象一下，暗黑的夜里，忽然一道蓝色荧光划破夜色，跟随海浪扑向岸边，如此奇幻，像不像天空流下了蓝色的眼泪？如果往海里扔石头，则像是繁星入海。海上的蓝色星辰，对映满天繁星，比你去看紫色薰衣草或者去守流星雨，还更浪漫，不是吗？

夏语嫣的理由很简单，欠郑斌斌一个人情，应约去当电灯泡。郑斌斌已经约了安生和李大满，夏语嫣索性就让伊湄一起去，反正四个人那天夜总会是带着任务的，今天算是补偿她俩吧。一听说是去追"蓝眼泪"，伊湄的兴趣一下子提起来了，全国这么长的海岸线，就那里可以看到"蓝眼泪"，报纸上说，好多外省的都慕名过来。就算没遇到，在海边烧烤，吹吹风也不错。

当六个人聚在海滩时，完全没有在夜总会碰面时的尴尬，反而在舒畅的海风吹拂下，整个人完全放松下来，大家有说有笑，仿佛回到了学生时代。

"当学生真好，无忧无虑。"夏语嫣一脸羡慕地望着伊湄。

"墙内的想出去，墙外的人想进来。"伊湄不无感慨道。

女人只要不互相嫉妒，很快就能成为好朋友。这不，范丽丽在为烧烤准备调味，一个人忙不过来，叫她俩一起过来帮忙。安生则和郑斌斌、李大满，准备烤炉和生火。

夕阳的余晖，洒向海面，一片波光粼粼，海天之间，视野无比开阔，仿佛为每个人打开了心胸，如此优美的景致，岂可辜负？在柔软的细沙上，六个人全都光着脚丫，围坐一团，远眺大海。

"我带了一副扑克牌，我们来玩'真心话、大冒险游戏'？"郑斌斌提议道。

"好啊，我宣布游戏规则，每人抽两张牌，如果花色相同，算输家，要么诚实回答大家提出的问题，要么完成胜方提出的'大冒险'。"范丽丽解释游戏规则。

第一轮抽完牌，夏语嫣和伊湄齐声惨叫，不用翻牌，大家都能猜到结果。

"说吧，选真心话还是大冒险。"

"真心话吧。"两人异口同声回答。

"在座中，有没有你喜欢的异性？"李大满抢先抛出问题。

这个问题根本不用经过大脑，伊湄直接点头，算是回答了。夏语嫣低着头，想了半天，才说："太难回答了，我可不可以重选，我选'大冒险'。"

"不行！"

安生的脸有点红，伊湄只和安生熟，她点头了，喜欢谁，大家都心知肚明。而夏语嫣为什么回答这么难呢？如果是李大满，直接点头不就得了。安生大胆推理出一个结论：夏语嫣还没把李大满当成男朋友！

"有。"夏语嫣声音很小，但大家听清了，拍手叫好。安生一脸失望，看来自己推理错了，看他李大满已是手舞足蹈。

第二轮，抽到同色牌的是郑斌斌。范丽丽希望他选"真心话"，就可以问他和刚才一样的问题，女人听一百遍情话永远还嫌少。安生呢，也希望郑斌斌选"真心话"，最想问他一个问题："你父亲曾经是木匠吗？"因为那天，阿彪说欢欢被卖到了一个木匠家里。安生不明白自己为什么会冒出如此奇怪的想法，可能是因为斌斌也有个胎记吧。

"我选'大冒险'。"郑斌斌狡黠地回答。

"唱首情歌吧。"范丽丽最有资格提出"大冒险"的要求。

安生取来吉他，优美的旋律在指尖的弹拨中，划开夜色，流淌开来。

> 三月的烟雨　飘摇的南方
>
> 你坐在你空空的米店
>
> 你一手拿着苹果　一手拿着命运
>
> 寻找你自己的香
>
> 窗外的人们　匆匆忙忙
>
> 把眼光丢在潮湿的路上
>
> 你的舞步　划过空空的房间
>
> 时光就变成了烟
>
> 爱人　你可感到明天已经来临
>
> 码头上停着我们的船
>
> 我会洗干净头发　爬上桅杆
>
> 撑起我们葡萄枝嫩叶般的家

一曲民谣《米店》，真挚朴素，在低低的声带中回旋，让每个人都陷入昔日泛黄的回忆中，或青涩，或悲欣交集。即便歌声停止，大家仍处于沉默之中。"真是太感人了！"范丽丽的泪水已经在眼眶中打转。

"看来今晚的电灯泡没白当。"夏语嫣调侃道。大家随即哈哈大笑，让范丽丽感到有些不好意思了。

第三轮，抽中同色的是李大满和安生，他俩都选了"真心话"。这次，郑斌斌抢先问道："你喜欢的女生哪里？"

"好色！"夏语嫣笑骂，转而对着范丽丽说，"快管管你们家斌斌。"

"我喜欢她尖尖的鼻梁、樱桃小嘴，喜欢她星星一样闪烁的眼睛。"李大满是看着夏语嫣说的，夏语嫣把头垂得低低的，恨不得有块钢板挡住自己的脸。

"大满，你是小学生吧，还在学看图说话！"郑斌斌一旁取笑，逗得大家开怀大笑。

"轮到你了，安生。"夏语嫣看来很期待安生的回答，因为在洱海边，她问过安生，喜欢什么样的女孩，可惜安生避而不答。

安生沉吟了一下，没有抬头去看任何人，处在自个的想象中，一脸深情地说："我喜欢她高挑的脖子，像小鹿，像葱白，当她绾起头发的时候，简直是仙女下凡！"

伊湄听完，莞尔一笑，自信地伸了伸脖子，确实，她是个舞蹈系学生，天生的美人坯子，有着修长的脖颈和大腿，再加上后天的塑身锻炼，更是有着迷人的小蛮腰和舞者该具备的身材。

夏语嫣五味杂陈，心里不是滋味，想想大学时代，若不是因为自己冷艳，拒绝一众狂蜂浪蝶的追求，早就从系花上升为校花，哪能轮到伊湄在此搔首弄姿。转念，夏语嫣又为自己莫名其妙地争风吃醋而羞赧，脸蛋绯红，为掩饰窘样，赶紧站起，岔开话题："天暗下来了，我们去放飞孔明灯吧。"

"我备了三盏，两人一组，每个人只能许一个心愿哦！"范丽丽高兴应和。

三个女生接过孔明灯，吹气，轻轻抓住骨架，三个男生则用打火机点燃木质支架上的小蜡烛。六人合上双手，开始许愿，第一盏孔明灯缓缓飞起，郑斌斌和范丽丽露出幸福的笑容。

"我们的，也升空啦。"夏语嫣兴高采烈地喊道。

最后一盏是安生和伊湄的，刚上升还没一米高，就掉了下来，安生赶紧接住，重新点火。

"安生，你们是不是多许愿了？太重不灵给掉下来了，哈哈。你看，我和斌斌，两个人许的愿是一样的，算一个心愿，最轻，所以第一个升空。"范丽丽揶揄道。

"太诡异了！我刚才还真许了两个，一个是祝爷爷奶奶身体健康；另一个是祝陈家辉找到欢欢。"安生一脸惊讶。

"那你这次打算把哪个心愿去掉？"

"我就先祝陈家辉早日找到欢欢吧。"

"这么固执，那你爷爷奶奶呢？"

"呸呸，乌鸦嘴！"

三盏孔明灯在蜡烛微弱灯光的映照下，像夜空中黄色的星星，眨着眼，越飞越高，和沙滩上更多放飞的孔明灯一起，星星点点，蔚为壮观。

"它们像夜幕下的萤火虫，太浪漫了，我会永远记住这个时刻！"伊湄兴奋地说。

"语嫣，你许什么心愿？"安生见夏语嫣出神地望着孔明灯，好奇地问道。

"我祝病房里的孩子们早日康复。"夏语嫣露出女性特有的温柔。

"看！涨潮了，'蓝眼泪'出现了！"沙滩上，有人尖叫一声，所有人都望向大海。

　　蓝色晶状的浪涛一波一波地涌上沙滩。原先大海像一层黑色的幕布，遮掩了它的神秘，它的力量，现在它醒了，拍打礁石，抚摸沙滩。它把海底生存的微生物，推上岸。这些离开大海怀抱的微生物，只能生存十秒，在生命最后的时光里，发出魔幻的荧光蓝，像漫天的星辰，短暂而又浪漫。除了安生和夏语嫣，所有人都激动地大呼起来，有的跑到波浪能及的细沙上，陷进去的沙坑呈现出脚印形状的荧光蓝，惹得更多人惊呼。

　　"它们用微小的生命，向这个世界展现最美好的一面，换取人们认识到人间灿烂依旧。真是生如夏花，逝如冬雪。"安生平静地说。

　　"是的，短暂，却不平凡！"夏语嫣应道。

第十一章

1

"忽逢桃花林，夹岸数百步，中无杂树，芳草鲜美，落英缤纷，渔人甚异之。复前行，欲穷其林。林尽水源，便得一山，山有小口，仿佛若有光。"好几次在梦中，同一种声音，像电影旁白一样在耳畔响起，引导着安生在林中溯水而上。而每次在狭窄处，即将豁然开朗之时，却又从梦里醒来。安生也纳闷，是不是因为最近所里加班多了点自己疲劳导致，但今天中午，大白天的，竟然梦见自己穿过了山口的关隘，眼前一片开阔地，湛蓝的天空，倒映在湖中，树连着树，山连着山，湖里湖外，仿佛两个世界拼接在一起。

这不就是儿时记忆中的下湖吗？

湖中央，那片因流沙淤积而成的沙洲还在，沙洲上阿雄消失其间的芦苇荡还在，甚至连阿雄丢在湖边的那双凉鞋也还在。等安生走近它，这片湖却又化作了无数小水滴，飘在空中。恍惚间，安生听见一声枪响，这些小水滴又变成了惊飞的候鸟，振翅飞走。

"一切都没了。"熟悉的声音，是爷爷！

近年来，爷爷的身体每况愈下，外出上街都要拄根拐杖，奶奶看他行动不便，就劝他不要再跟着，他不肯，说是老伴老伴，伴了这么久了，到老更要珍惜在一起的光阴。直到有一次，他被石头绊倒摔了一跤，骨折，只好天天躺在床上唉声叹气。每逢所里调休，安生也会抽空去看看老人家。安生有时不免想，当初要是多买一盏孔明灯，说不定爷爷的身体真的越来越棒呢。转念又为自己幼稚的想法好笑，生老病死，人之常态，谁都无法躲过岁月悬在头顶的那把剑，唯愿来得迟些，再迟些。尽管如此，但真的听到噩耗时，还是接受不了这个结果，安生也是。

下午在拆迁片处理纠纷时，嘈杂的声音让安生听不清电话里讲了些啥，反正就是奶奶的哭声，安生预感有些不妙，到偏僻处听，才知道爷爷与世长辞了。安生大脑一片空白，怀疑自己是不是听错了，一直以来，爷爷像他的忘年交，甚至比他与父亲的关系还亲密，只要安生有什么烦心事，和爷爷聊一聊，就啥事都没了。

所长给安生批了三天的假。三天里，安生仿佛一直被世俗的波浪推着走，守灵堂，答谢，穿孝衣，捧火化盒，就为了走一个程序。奇怪的是，安生一直没哭。有人窃窃私语，说老人生前对安生这么好，现在人走茶凉，孙子不孝，连一滴眼泪都没流过。活得真不值，这世道唉！

不管别人怎么议论，安生就是没哭。

晚上终于赶上回城的最后一趟班车，安生一点也没饥饿感。回到所里的宿舍，空荡荡的房间，孤独像黑暗，无处不在。安生想找个人聊天，却不想影响别人的好心情，手机里有郑斌斌、李大满，还有一众兄弟的安慰节哀短信，但他们不可能理解此刻安生的感受，爷爷又不是父亲，有那么痛苦吗？他们心里面一定会这么想，与其这样，不如不说。安生想起夏语嫣，此刻也只有她能懂自己。

"在吗？"安生问。

"正无聊着，'湖光十色'小朋友，最近都不见你人影，果然'君子之交淡如水'啊。""夏虫语冰"回复得很快。

"前段时间，经常加班，这几天回老家，爷爷离世了，送他最后一程。"

夏语嫣停顿了很久，才回复："你们关系不一般，经常听你提到他老人家。你一定很伤心吧。"后面跟上拥抱的表情包。

安生听完这句，一股热流直扑眼眶，一抹是泪水，再抹是更多的泪水。安生再也抑制不住，直接对着手机屏幕哭出声来。比海还深的亲情，比岩石还硬的痛苦，全把它哭出来吧，安生，你也是普通人，谁说男人就不能哭，谁说硬汉的心就不是肉长的，哭出来吧，安生，对着懂你的人痛痛快快地哭一场。

安生曾这么问过爷爷："爷爷，我小时候偷过你的钱，钱变少了，你怎么都没发现？"爷爷笑着说："我故意把钱放在同样位置，我怕挪地了，你再也找不到急需的钱。""可是，爷爷，你现在把自己挪哪儿去了，我怎样才能找回你？"

安生还想起自己高考时的开心一刻，那年高考，语文作文题目是《开心一刻》，安生坐在气氛紧张的考场里，思绪却飘向了下湖村。安生想起一拳把李大满打得鼻血直流的搞笑场面，想起自己躺在湖面上看闲云来去的惬意，想起高考前一周回家时的情景，爷爷对他说："安生，万一考不好，没关系，跟着爷爷一起到湖边抓蟹，养鱼，放羊，日子一样美着哩！"是啊，下湖村一到春天，田野里油菜花黄澄澄的一片，每一朵油菜花就是春天的小女儿，对你咪咪地笑。到了秋天，稻浪飘香，芦苇白茫茫一片，每一支芦苇就是下湖村勤劳善良的母亲，俯下身子，幸福地望着摇篮里的婴儿。这些全部成了安生在紧张考场时的开心一刻，成了他高考作文的内容。据说，那年高考，安生拿了全县唯一一个满分作文，因此超水平发挥，考上本省最好的大学。

如今，回忆越美，失落的痛苦就越深。安生把自己与爷爷的经历和感情，一股脑地变成文字，说给夏语嫣听。夜深了，安生累了好多天，一下线就不知不觉睡着，反而夏语嫣毫无睡意，为网友爷爷的离世感到难过，更为这位有血有肉有情有义的男孩所感动。"湖光十色"到底是谁呢，也许两人一辈子都小心翼翼保持着这样的距离，谁都没开过口，问对方的名字、职业、城市，也许都怕不小心把对方给弄丢了，凭女人的直觉，他是真诚的，非常在乎自己！为什么生活中就没有遇见如此坦诚优秀的男人呢？跟李大满接触一年多了，只有同学的情谊，完全没有那种心动的感觉。真正的灵魂伴侣，应该是星月相伴，像顾城的诗——《门前》。

我多么希望，有一个门口

早晨，阳光照在草上

我们站着

扶着自己的门窗

门很低，但太阳是明亮的

草在结它的种子

风在摇它的叶子

我们站着，不说话

就十分美好

……

　　安生呢？一想起他，夏语嫣就感到很苦恼。去年夜总会上，第一次看到他和伊湄你情我浓的样子，就莫名其妙地大生气。在岚岛追"蓝眼泪"时，安生说他最喜欢的是女人的脖颈，伊湄就是舞蹈出身，本身就有芙蓉般的脖子，还故意在自己面前炫耀，那个气呀，她有那么好吗？如今，过去一年了，时间是最好的清醒剂，夏语嫣无法隐瞒自己，当初生气可能是吃醋，不是可能，明明就是嘛。如果只是把安生当成李大满那样的同学，自己还会生气吗？绝对不会！那么问题就简单了，自己不知不觉爱上了安生。

　　什么时候发生呢？应该是丽江之行吧，他对江大妹一家的悲悯和担当，打动了她。警察和犯罪分子，好比猫和老鼠，本来誓不两立，而安生，刚出道的猫，没有把人家当猎物看，反而出乎意料地帮助人家，为一个不可能完成的寻孤托付，竟然如此执拗，有句话说，你认真的样子好可爱，说的就是他吧。相比李大满，抢功上位，她还傻傻帮他宣传，而安生一点都没怪罪，默默地做着自己认为对的事，这样的男人，不优秀吗？其实还不止这些，洱海之畔，清风明月，和他一起朗诵苏东坡的《赤壁赋》，简直就是高山流水，知音难觅。

　　等读懂内心之后，夏语嫣隔三岔五地以采访政法新闻为借口往临湖所跑。安生有时在，有时不在，即便在的话，也只是邀请她到单位食堂吃饭，从来没主动创设两人世界。"可能从来没有爱过自己，只是当成同学罢了。"每念及此，夏语嫣也想过作罢。

"夏记者吗？实在抱歉这么迟给你打电话，明天预约安生的采访，要暂时推后了，或者我们安排其他民警来接待？"临湖所吴教导员打来电话。

"为什么？你们这次荣评全国青年文明号，他功不可没。"夏语嫣想见的是安生。

"前几天安生的爷爷刚过世，今晚很迟才回所，怕他情绪不佳，影响采访。"

"他爷爷过世？！"夏语嫣一震。

"是的，听说他爷孙俩感情很深，这件事对他打击很大，先缓两天。夏记者好笔杆，为我们所的宣传报道做了很多工作，感谢感谢啊。"

难道"湖光十色"就是安生？

放下电话，这个想法，像电流一样，脉冲过夏语嫣大脑的每粒细胞，她激动得全身有些颤抖。昨晚，"湖光十色"情绪低落，因为爷爷离开了他。而刚刚吴教导也说，安生的爷爷刚过世，爷孙俩感情很深，对他打击很大。

沉吟了一下，夏语嫣狡黠一笑，有个法子可以验证，谁叫本姑娘这么冰雪聪明呢。

2

"斌哥好！这几天找你好几趟，都没见着你，还以为你调走了。"

"许三，你怎么还骑摩托车，上次差点儿被抢了，还不长记性。"郑斌斌看着许三边停摩托车边打招呼。

"又是多亏斌哥拔刀相助，才避此一难，大难不死，必有后福。"许三龇着牙说道。

"说吧，找我什么事？"

"那天差点被抢，吓出一身冷汗，和媳妇商量好了，不做摩的，晚上架个摊，搞烧烤，生意火着哩。这不，给您送我婆娘刚烤的鱿鱼串，您尝尝。"许三把一袋打包好的烤串递进岗亭。

"给你钱，我一个人吃不下这么多，过好小日子，在江城扎下根来。"郑斌斌鼓励他。

"斌哥这么见外的话，就是把我当外人！"许三有些急，又凑上来问，"您不会要调走吧？"

"没有，偶尔借调而已。"郑斌斌露出得意的笑容。

郑斌斌能被市局警官艺术团借调，完全是因为那条《雨中指挥家》的小视频，他自己作词编曲，自弹自唱，加上亲和的警察形象，在网上很火，被市局宣教处李处长看上，钦点参加在师大的一场"平安江城"文艺宣传演出。

师大校方很重视这场宣传演出，把礼堂布置得有模有样，不亚于一场歌迷见面会。灯光、道具、音响，LED大屏幕，一应俱全。当主持人身着警察礼服，报幕"演出开始"，台下的学生已按捺不住期待的心情，热烈地鼓掌。可是，令校方和警官艺术团的负责同志万万没想到的是，文艺演出高开低走，起初还满怀期待的学生们，陆陆续续有人离场。

"太失望了，我还以为是高水准的晚会，一看就是来说教的。"

"就是，小品和朗诵节目一点也不接地气，就连唱歌也只有大妈才听得懂。"

离席学生的抱怨，被坐在前排的李处听到，脸上有些挂不住，校方陪同的领导连忙解围道："是我们的学生不懂得欣赏，现在的孩子很有想法。学生处的老师，让同学们回到位置上去！"

当郑斌斌走上舞台时，台下就有人喊道："那不就是网红的江城最帅交警吗？！"接着是一片骚动，学生的兴致又提起来了。郑斌斌平静地坐下来，他从来没有在这么多人面前唱过歌，都是一个人待在房间里，在音乐中疗伤，在音乐中抚慰。父亲溘然长逝后，他一度想摔烂这把隔阂过父子感情的吉他，如果上天让他在父亲和吉他中选一个，他会毫不犹豫地选父亲！送走父亲后，郑斌斌把吉他收进储物柜，这一尘封就是好几年。直到他在新警集训时，被二队队员的热血和激情所感染，才挥毫作词写下《我们的二队》，才让这把吉他重见天日。

今晚，郑斌斌还唱《雨中指挥家》，因为他爱这个岗位，让每一辆车、每一位路人都能平安回家，是他作为交警的职责所在。所谓人生价值，不就是做一些有意义的事情吗？"我把黄色的背影留给你／你用雨中的暮色为我加冕"，这是郑斌斌朴素而又令人心潮澎湃的誓言。全场鸦雀无声，回旋着郑斌斌发自肺腑的歌声，礼堂漆黑一片，只有一束射灯，打在舞台上正低头弹唱的郑斌斌。

学生们被感动了，台上仅大自己几岁的年轻警官，用琴音和灵魂在弹唱，在和你低低诉说他的平凡，他的硬骨，还有他对尘世的悲悯。一曲作罢，台下是持久热烈的掌声，还有人吹响口哨，有的甚至喊："再来一首！"郑斌斌看到第一排就座的李处在向他点头示意，就再次拿起吉他，一转情绪，激情满满地唱起朴树的《平凡之路》。

……
我曾经堕入无边黑暗
想挣扎无法自拔
我曾经像你像他
像那野草野花
绝望着
也渴望着
也哭也笑平凡着
……
我曾经跨过山和大海
也穿过人山人海
我曾经拥有着一切
转眼都飘散如烟
我曾经失落失望
失掉所有方向
直到看见平凡

才是唯一的答案

……

　　悔恨、绝望、希望、领悟，人世间如此复杂的情感，只有经历过了，你才真正懂得它们存在的意义。郑斌斌做到了，在一首歌里，把它们全部演绎出来。感谢生活的厚重，让他涅槃重生。

　　师大校方对警官艺术团的精彩演出表达谢意，对学生以往非理性追星表达了遗憾，希望警队常来做客，带来直击人心的优秀文艺作品。李处难掩心中喜悦之情，指示警官艺术团负责同志，以后有什么活动，一定要抽调郑斌斌参加，并要求全休参演同志，向郑斌斌学习，不要高喊"假大空"的东西，多创作出接地气、人民性的好作品。

　　回到岗亭，一连几天，郑斌斌都处于美好的回忆中。那靓丽的舞台，那激动的学生，那鼓励的眼神，让郑斌斌感到生活的美好。原先高考报志愿时，以为像抛硬币那样，非此即彼，选择遵循父亲的遗愿当上警察，就不能再倒腾自己喜欢的音乐。没想到生活只是和他开了个玩笑，两者并不矛盾，郑斌斌既能体会出警察职业的价值，又能用音乐的形式来展现给他人，多么完美的结合啊，他把这个体会分享给了范丽丽，范丽丽扑闪着明亮的眼睛，双手托着下巴，一脸骄傲地听郑斌斌讲呀讲。原来，幸福是可以复制的。

　　除了安生和李大满，郑斌斌本想把这个好消息也分享给夏语嫣，没想到夏语嫣却先打进电话。

　　"斌斌，我只想问你个事，这件事，对我对他，都很重要，那天是谁叫你来省立医院的？"

　　"我答应过，不能说。"

"是李大满吗？"

"他只对升官发财感兴趣。"

"安生？"

"你觉得呢？"

夏语嫣陷入沉思中：初中时，后桌的安生尽管话不多，但只要是他答应过的事，就一定会做到。陈家辉的案子，功劳被大满抢了，我也傻傻地帮他宣传报道，还好丽江之行，才让我明白案子的真相，是安生在默默帮助江大妹一家，即使感情受到伤害，安生却一点都没怪罪过我。吴主编也说了，他本来只想平稳退休，根本没想过要发我的稿子，是一个警察同学找上门来真诚劝说，才最终改变主意。警察同学？谁会和我一样关心白血病的孩子？李大满只对升官发财感兴趣，除了安生还会有谁？！

曾经和安生一起奔赴过的洱海，连同那义无反顾投奔它的生命行为，无不浸润着一种巨大的美！大自然没有两片相似的叶子，但人类却会因彼此相似的灵魂而战栗。

3

每座城市都有秘境。

所谓秘境，顾名思义，就是许多人不知道的地方，即使是当地的城市土著，也不一定知晓。它不是旅游胜地，更不是网红打卡地。它注定只属于极少数人，是这些人赋予它独特的意义，精神境界的不同，在内心会给出不同的审美标准。

在江城，安生就发现过好几处秘境。比如云岭路，是通往大学后山的幽深小径，每到三四月，道路两旁的木棉炸裂似的绽放枝头，红艳艳的，惹人喜爱，路人经过时，它会像古人抛绣球那样，调皮地砸在你的头上，用花语提醒你怜惜眼前人；比如漫长的龙江，沿岸行人如织，而安生却独爱江堤的一角，在那里，东流的江水遇堤受阻，便会形成一个回流的漩涡，这时可以想象，像浪子回头和母亲在抱头痛哭，而江畔芦苇依依，安生在心里则称它们为蒹葭，仿佛梦回《诗经》，晚风一吹，放下恩怨，腾空内心。

刚刚夏语嫣约他去的东站，算秘境吗？

这是江城最早的火车站。

因为当地多山，新中国成立后才通铁路，出省要花四个小时，坐的就是绿皮火车。烧煤，火车长笛一响，黑烟一冒，就"哐当哐当"地出发了。没坐过的人都羡慕得要死，那些提大箱子的，背行囊的，尽管依依不舍，但对远方都充满了期待。如今北站动车开通，速度成倍地提升，自然就成了客运站。东站先是改成货运火车站，去年干脆弃用，就荒在那儿。当安生和夏语嫣站在生锈的铁轨上，眼前尽是嫩绿的野草钻着缝出来。

"这是我发现的秘境！"夏语嫣骄傲地说。

"Surprise！"安生赞叹道。

一块块枕木，间距相同地被铆钉焊死在地基上，两条铁轨穿过城中村，延伸至远方。对呀，远方，那是未知的未来，所有年轻人的梦想，就是旅行，就是探险。那些未发生的事，在等你去经历，那些不定的前程，在等你去探索，所有这些，都令人着迷。

"安生，你知道我为什么喜欢这里吗？因为走在铁轨之上，我才不会忘记自己的梦想和远方，才不会被世俗的纷繁扰乱。我的执拗，我的锐气，还在！将来我要沿着苏东坡流放之地，走访一遍，与他进行跨时空的对话。"

安生也说出自己心中的远方："铁轨是双向延伸的，在空间上通向无穷的远方，让我想起鲁迅先生说过的一句话，'无穷的远方，无数的人们，都和我有关'，我是一名小警察，改变不了世界，但我想自己即便是一只萤火虫，也要用微弱的光芒为将来茫然无措的人们点灯。既然铁轨的一方伸向远方，从时间上讲，就是通向未来，那么它的相反方向呢？就是我们找不回来的过去。小时候，爷爷经常在我的手腕上画手表，虽然表上的指针从未动过，但它却悄悄带走我们的童年和回不去的时光。爷爷走了，当年亲手接生我的赖阿婆也走了，一同带走的还有我们这代人回不去的乡愁。"

聊起文艺，哪能没有爱情？夏语嫣眨着可爱的眼睛，想迂回了解安生的爱情观，问："安生，你喜欢哪部小说里的爱情？"

"我喜欢川端康成的《雪国》，男主角第二次乘火车去雪国的路上，透过车窗欣赏黄昏的雪景时，看到映现在车窗上的美丽的叶子，情不自禁地喜欢上了这个美少女，然而，两人都没点破，最后叶子死了，空余无限惆怅，凄美而又让人回味无穷。"安生陷入小说的情境中，"美，不一定要占有。雪，女人，白，洁净。足够！"

"我更喜欢《雪国》里那位纯真却不幸的女人——驹子。明知危险却依然不管不顾地亲近那个薄情的男人，她生命里有雪的柔美，更有雪融化后滋养大地的母性。爱情对她来说像是春蚕吐丝，最后吐不出丝时，宁愿吐血！都说女人如玉，她如雪，简简单单地爱，简简单单地翩然降临，简简单单地了无踪迹……"夏语嫣说这些话时，眼睛扑闪扑闪地望着安生，如此深情，像深千尺的桃花潭水；如此热烈，像要融化的熊熊烈焰。

"安生，将来送我一首你写的诗吧，你说的，美女专供。"夏语嫣用炽热的眼光看着安生。

"只怕有人不敢收。夏语嫣同学，我们到铁轨的两条边沿上行走，比平衡感，看谁走得更远。"安生提议道。

"好啊，等我脱掉凉鞋。光脚不怕你穿鞋的。"夏语嫣双手各提一只凉鞋，光着脚跳上左边的铁轨，小心翼翼地走着。安生踏上右边的铁轨，有意放慢速度，保持和夏语嫣齐头并进。刚开始，夏语嫣利用手上的鞋来平衡身体，走出十几米后，开始不停晃动，正当夏语嫣快要掉下铁轨的时候，安生的左手迅速握住夏语嫣的右手，把她稳住，看她没有挣脱的意思，安生干脆接过她的鞋子，左手继续握住夏语嫣纤细的手，两人迎着夕阳走出很远。

"时间要是就此停住，多好呀！"夏语嫣感慨道。

"一件事物的消亡，也在催生另一件事物的新生，万物总在平衡中找到它们存在的意义。"安生抬头望向落日。

"安生，来，给你拍张照，我要留住这个美好的瞬间。"

"正有此意。"

安生从裤兜里掏出一条红布，蒙上自己的眼睛，站于枕木之上，左手插进裤兜，朝着夏语嫣，摆好了姿势。

落日雄浑，红布飘动。如果他手中持剑，那一定是一去不复还的墨家侠客；如果他站于落日的城头，那也一定是人困马乏，誓死与城共存亡的将军。

这一刻，夏语嫣已下定决心，再也不想错过了。

自从向郑斌斌求证后，夏语嫣已经明确，"湖光十色"就是安生！不论是夜访洱海，还是"六一"专版，只要"湖光十色"

一知道，夏语嫣就能心想事成。

原来，安生一直爱慕她，像岩浆，藏于地底。

是的，夏语嫣已下定决心，再也不想错过了，为爱主动出击。安生已经默默付诸行动，从用"湖光十色"网名加自己为好友开始，到现在，两年时间，默默关注，默默陪伴，这不就是传说中的灵魂伴侣？从东站一回家，夏语嫣就立即埋头书写，编辑成手机短信，检查了好几遍，确认无误后，才发给了安生。

"'湖光十色'小朋友，见字如面，谢谢你的陪伴，我指的，不只是今天傍晚。星月童话，竟然在我这个灰姑娘的身上发生，让我受宠若惊。我讲个'芒果树的故事'回赠你吧。我们小区门口的人行道上，种有一排芒果树，初夏，树枝上结出小粒青色的小芒果，我想呀，再过十多天就有芒果吃了，这十几天，我每次经过时，都会抬头观察它们变黄了没有，有一天，发现果实成熟了，我看着都快要流口水了，但我不好意思爬上树，或者特意去弄根竹竿采摘它们。每次经过，我都犹豫，我确定能摘到它吗？路人会怎么看我？于是，一天天过去，芒果们黄了，熟透了，掉在地上了，烂掉了，这个夏天也就过去了。"

安生看完，兴奋地从床上跳了起来，回复："今天的夕阳，好美！"

第十二章

1

春日明媚，阳光刚好直射江城监狱高大的铁门。

"哐当"一声，从小门里走出一个清瘦的身影，左腿有点瘸，他用手臂挡了挡刺眼的阳光，看到安生，并不惊讶，只是深吸一口气，再缓缓吐出，感慨道，外面的空气真甜！

是的，他是陈家辉。

两年半前，耸立的深墙，纵横的电网，站在墙根，人是多么渺小，真是一念天堂一念地狱。当初刚进看守所时，心如死灰。身后也是"哐当"一声，像猪仔一样，整个人无意识地被登记，过磅称重，丢进更大的笼子。身上没有任何属于自己的私有物件，唯一的标记是囚服上醒目的数字：31423。

被收监那晚，尽管走廊亮着白炽灯，但幽深逼仄的过道，仿佛走了几个世纪。前面带路的警察理平头，身材魁梧，开门关门，看不到任何表情。那一声声铁门碰撞发出的沉重声音，在陈家辉听起来，和小时候在老井打水时木桶探到水面的声响没什么区别，悠远深邃，像老祖母的叹息。

"报告警官，我不想住这间，随便其他房间都行。"陈家辉看到警察在314牢房前停住，情绪有些失控，近似哭腔。

"你以为住旅馆呀，还挑房间，赶紧去睡觉，通铺，下层23床。"警察显得不耐烦，毕竟从警这么多年，还是第一次听嫌犯提这么无脑的请求。

房内光线微弱，鼾声此起彼伏，一排长长的通铺，从门口延伸到最里面的墙角。陈家辉找到自己的床位，心事重重，正要倒头去睡，发现床头站了一帮人。刚刚还在沉睡，怎么突然都醒了，全围上来，大眼小眼地打量着自己。

"叫什么，干什么票进来的？"说话者身材高大，比其他人高半个脑门，脸上的刀疤尤其显眼，让那张似笑非笑的脸愈发阴森。

"老、老、老大问你话呢，懂规矩吗？"身边瘦小的男子结巴地催促。

"陈家辉，抢劫。"

"就你这身板，还抢劫？！"围过来的人哈哈大笑。

"起来！""刀疤"命令道，"今晚面壁思过不许睡觉。'猴子'，你负责监督吧。"

陈家辉正想理论，被隔壁戴眼镜斯文模样的人拉住，示意他忍忍。

夜深了，陈家辉呆呆地站着，心头的屈辱却一浪胜似一浪地涌上来。以前，不管是做油漆工，还是搞点装修零工，日子虽然苦点，但活得有尊严，凭一双手吃饭，每天和江大妹起早贪黑，在江城新建的小区门口揽活，出门时一身干净，收工时灰头土脸，可心里美呀，电动车后坐着对自己不离不弃的大妹，兜里揣着日结的票子，心里头舒畅，对着城市的夜色哼几句老歌，那时，大妹总会配合着从身后抱紧自己的腰，打趣道："走调啦，走调啦，不过蛮好听。"陈家辉笑着说："唱歌能顶三分饱。"

更重要的是，两人有共同的目标，它就像岬角上的灯塔，邈远，微弱，却吸引着茫茫大海上漂浮的舢板船一往无前，因为前方有光，哪怕身处幕布重重的狂风暴雨中，也不能左右其航向。

夫妻俩曾听说附近有座古刹，名为悬空寺，靠一根柱子支撑起整座寺庙，抱着柱子许个心愿，可保心想事成。两人遂前往许愿，看到这根立柱时，不禁暗暗称奇，它竟然让整座楼宇悬空而起。那天，游客不多，两人环抱柱子，口中念念有词，陈家辉知道妻子许的愿一定和他的相同。她的手臂紧紧抱住木柱子，身子微微颤抖。后面的游客也想抱下，不停地催促，大妹干脆跪在木柱前，不停地磕头，任凭陈家辉怎么劝都不肯起身。

而今，这根无形的柱子，倒塌了。

千不该万不该，不该铤而走险去抢劫。人要忌贪、嗔、痴，自有道理，当自己内心执念太重，才让理智处于下风。此刻，江大妹怎么样了，上有老，下有小，在老家，全靠她一人操持，她也是凭那口气撑着，就像悬空寺下的立柱，抽走了它，也就抽走了支撑全家活下去的支柱。那张签有自己名字的拘留通知书，很快就会寄到她的手上，陈家辉想象大妹脸色苍白的样子，瘫软地读那份文书，字少，却字字如针，直扎她的心。孩子被抱走，尽管陈家辉从未怪罪过她，可她总觉得是自己失职，内心包袱很重。为此，两人又生了个女儿，陈家辉还答应一定会找到欢欢。现在，自己拘押于深墙之内，曾经的承诺如同一缕青烟，一挥就散。

"刀疤"和"猴子"把自个的手工活，全扔给陈家辉，陈家辉一言不发，把这些灯珠——镶嵌进灯花里，邻床的"眼镜"每当干完手上的活，总会过来帮忙，陈家辉看他一脸和善，像个学历很高的人，就朝他点点头，继续埋头干活。他不希望有人打扰自己的心事，就算"刀疤"隔三岔五地过来恐吓、羞辱，他也是默不作声，静得可怕，像老家那口荒废的古井。

"这小子不服管，晚上修理他？""猴子"讨好"刀疤"。"刀疤"只管做着俯卧撑，手臂的肱二头肌因为充血，暴突得吓人。

熄灯后，陈家辉在睡梦中被一股热液浇醒，刚开始以为做梦，直到听到一阵哈哈大笑，睁开眼，才觉察脸上的尿骚味呛鼻，猴子的裤头还扯在大腿下。陈家辉"呼"地一下跃起，紧紧攥着双拳，死死盯住猴子，身子持续战栗。空气一下子凝固，静得可怕，原先只想看下热闹的人，都不由自主地后退一步。"猴子"开始后怕，因为，他看到了这辈子都没见过的眼睛，绝望、透出死尸气味的眼，一双死不瞑目直瞪瞪的眼。

"好啦好啦，没事了，314房规矩，不打不相识，后面咱们就是一条船上的人了。""眼镜"赶紧打圆场，隔开两人。

眼中的那团火，渐渐熄灭，在黑暗中成为灰烬，但余温还在。整个晚上，陈家辉不再入睡，他睡不着，想着幸福美满的一家人如何陷入绝境，如何心存一线希望去寻找爱子，甚至把命豁出去了，却陷入更深的泥潭。他记住了那位名叫安生的年轻警官，当自己被安生搀扶进厕所时，他相信这世界还有爱。这二十年来吃过的苦，只有自己知道，外表表现得很坚强，内心承受的痛苦却从未向任何人诉说，像被生活不停抽打的陀螺，只能永不停歇地旋转，他知道某一天这一切终会戛然而止。而被安生搀扶的那一刻，委屈的眼泪再也忍不住，倾泻下来，他感到，曾经的苦难得到了理解和安慰，他把最后的希望托付于眼前的陌生人，自己再无力气去寻子了，他累了，想歇一歇。

2

"一天洗两次澡，杀猪啊，等着投胎呀。""猴子"看见陈家辉又排队进了洗浴房，骂了一句，刚好看见3区管教干部经过，连忙凑上热脸，说："报告干部，我想立功。"

"说说看。"

"新、新、新来那个，这两天表现很反常，按我的经验，他要么想自杀，要么想、想、想杀人！"

"理由？"

"他又进去洗澡了。"

"洗两次澡？"

"是的，我一直盯着。刚出来没多久，又、又、又排队进去，这其中一定有猫腻。"

"大惊小怪的，还有什么反常表现？"

"他进来三天，都不讲话，没人知道他、他、他在琢磨啥，估计没好事，你说抢劫被抓，只能怪、怪、怪自己，有啥好琢磨的。更重要的是，他的眼睛很吓、吓、吓人，我这辈子都没见过这么吓人的眼睛！""猴子"笃定地说，怕管教干部不信，还郑重地发誓。

"你说他想杀人，杀谁？没做亏心事，不怕鬼敲门。"警察面露嘲讽之色。"猴子"识趣地低头走开，是的，陈家辉让他害怕了，他怕哪次留在美梦中，被人暗算，再也醒不过来。

警察到监控室翻看了录像，确实感觉有些不对劲，陈家辉白天除了做些简易的手工活，从不吭声。到了晚上，"猴子"往他的脸上撒尿，差点引发冲突，后来陈家辉翻来覆去，一夜未眠。今天又洗了两次澡。凭多年的管教经验，警察嗅到了异样的气味。他叫来辅警，手拿金属探测器，直奔314房。

"紧急集合！"警察洪亮的声音，在房间内回旋，很快面前这些人按编号整齐地站成一排。许多人面面相觑，感觉有什么大事要发生，却又猜不出来，一脸茫然。"刀疤"用询问的眼神看向"猴子"，"猴子"得意地点头暗示。站在最后一个的陈家辉，则一脸平静。

辅警直奔洗浴室，里面陈设简单，平日里为防不测，所有的设备都是非金属制品，不仅携带的探测器没检查出违禁品，连原先所有摆放的物件都完好无损。辅警又按警察的要求，在314房内搜索，特别是陈家辉的床，不放过任何蛛丝马迹。辅警朝警察摇摇头，警察努努嘴，示意最后一个角落。

"嘀，嘀，嘀。"金属探测器响了，红灯闪烁警示。警察心头一紧，赶紧上去帮忙搜索。这是摆放洗澡用品的角落，除了纸杯、毛巾、牙刷和塑料装的牙膏，怎么会有金属品呢？

警察正纳闷着，突然灵光一闪，说："检查牙膏。"当探测到最后一个牙膏时，探测器再次报警。

"这是谁的？"

"我的。"陈家辉举手回答，脸上毫无表情。

警察旋开塑料盖，一点一点挤出牙膏，又用食指去按压，乳白的牙膏没有任何疑点。随着所有的牙膏都挤出来，警察感觉包装里有硬物，随即让辅警拿来剪刀，横剪一刀，这时，惊讶地发现里面竟然藏有一截铁丝！抽出来一看，铁丝的一端已经磨得很锋利，闪着寒光。"猴子"吓得面如土灰，后背直发凉。"眼镜"把嘴张成了"O"形，他怎么也没想到，身边这个老实巴交、沉默寡言的人，会弄出这么大的动静。

"哪来的？！"警察鹰隼般的眼直视陈家辉。

"刚才洗澡时，从沐浴露里取出来的。"

"沐浴露里怎么会有铁丝？"

陈家辉低头思考了一下，知道无法隐瞒，回答道："按压的弹簧上有铁丝。"

现场所有人都倒吸一口气，连"刀疤"也暗暗懊悔，告诫自己，以后别去惹那些看似老实却一直保持沉默的人。

"你们都给我注意了，休想有什么非分的想法，我们的监控是全天候的。这里是看守所，你们待在这里的时间不长，只要判决一下来，该缓刑的缓刑，该转监的以后好好改造，想想家人，争取早日团聚，千万别干傻事！"

陈家辉面无表情地坐到自己的床上，低着头。"眼镜"倒了杯水，递给他，关心地说："他们不敢再欺负你了，没有过不去的坎。"陈家辉喝了口水，不作声。

"好死不如赖活，人生十有八九不如意，多想想开心的事、牵挂的人。""眼镜"安慰道，看陈家辉在听，就继续开导，"比如我，书读得挺多，一样会做错事，做错事得到惩罚，我认。但不该自寻短见，让关心你的人心痛。"

"眼镜"顿了顿，说："我一想到我那活泼可爱的儿子，世上所有的烦恼都抛到脑后。"

陈家辉转过头，认真地看着"眼镜"，眼前的人如此斯文，怎么会犯罪呢？难道是经济犯？这年头，像陈家辉这种暴力犯罪的人变少了，同样是犯罪，压根瞧不起既没脑子又没钱的犯人。可他为什么如此关心自己，眼里的真诚，陈家辉能接收到。

"孩子九岁了，现在可能在念一年级了。""眼镜"欣慰地说。

"九岁才开始念一年级？"陈家辉终于开口。

"是的，耽误了一年，我的错。""眼镜"若有所思。

"你的错？"

"孩子一直没落户口。上完私立幼儿园后，大家都开始报名小学一年级，唯独自家的孩子上不了学，只能待在家里，自个教。"

"现在农民工子女在城里都能念上书呀，只要你不挑学校。"陈家辉开始替他着急。

"是啊，在家教了一年，孩子总问我，'爸爸，我为什么不能去上学呢？'每次他看见邻居的小伙伴们背着书包去上学，就满脸羡慕。今年暑假，我带他到派出所去询问户口的事，窗口的女民警挺热心，告诉我落户要准备的材料，催我赶紧去准备，还问了关于孩子的一些问题，我有些紧张，语无伦次，匆匆就走了。"

"为什么紧张啊？九月就开学了，材料不够吗？"

"就差出生证。"

"出生时医院都有开证明呀。"

"没有。后来我就托了人，给孩子办了张出生证，当我再次来到派出所户籍窗口时，接待我的还是那天的女民警，她一边微笑地核验材料，一边询问我好多问题，时间明显有些拖长，我有不祥的预感，她见我想离开，就托词让我稍等，等她回到窗口时，后面跟的两个男警察把我摁住。"

"他们干吗抓你？！"

"我那张出生证是假的。"

"假的？"

"嗯，假的。""眼镜"一脸平静，倒是陈家辉越发着急。"眼镜"用手提了提镜片，把陈家辉当作久违的老朋友，终于可以放下包袱，一吐为快。"孩子总不能不上学啊，我花钱请人办了张假出生证，想蒙混过关，没想到被那个警察识破，天意啊。"

"就因为这坐牢？不至于啊。"

"眼镜"低下头，若有所思，复杂的情绪让他眼底沁出泪花，他取下镜框，用手背擦干。过了良久，才仰起头。

"孩子是我买来的。""眼镜"说完，长吁了一口气，仿佛每个字，都能让他耗尽全身的力气。

真是晴天霹雳！陈家辉简直不敢相信自己的耳朵，这种天打雷劈的事，竟然是眼前这个看似真诚友善的人干出来的。人不可貌相，陈家辉感觉自己被欺骗了，仿佛欢欢就是被他给买走了，怒火从心底涌上，热血直冲脑门。

"我家欢欢被人拐卖了，我沦落到今天这地步，和你脱不开干系！"说完就是一拳往"眼镜"的脸上打去，鲜血从"眼镜"的鼻孔喷出来。

3

九点放风场的跑操，异常安静，"眼镜"的鼻孔里塞团棉花，跑起步来，只能靠张嘴来呼吸。全队的人都知道咋回事，就是没有人敢报告给带操的警察，心里开始对陈家辉犯怵：就算自己把牢坐穿，也想不到从沐浴露里搞出铁丝，并藏于牙膏之中，他智商比这儿所有人都高。他不仅有军师之才，还有勇冠三军之勇，那双眼睛让"猴子"不敢直视，那对拳头把"眼镜"打得直喷血。

"鼻子怎么啦？"警察问"眼镜"。

"自己不小心摔的。""眼镜"脱口而出。

陈家辉反而感到内疚，觉得自己太冲动了，跑完操，主动搭讪："昨天是我一时冲动，您学问高，不和我粗人一般见识。"

"你打得好！那一拳，替全天下失孤人出了口气；那一拳，我为世上罪孽深重的人赎罪。""眼镜"意味深长地说，陈家辉没听懂其中意思，但知道他悔过了。

"想继续听吗？"

"嗯。"

"不许动手。"

"好，我发誓。"

"眼镜"说："我是搞IT的，经常熬夜，加上妻子强势，一直没怀上小孩，到处求医问诊，也不见效果，就想着到上海做个试管婴儿，仍然以失败告终。每到周末和妻子逛公园，到处都是一家三口，嬉戏打闹。每到饭局，难免提到孩子学习，人家抱怨说一辅导孩子作业，家里就鸡飞狗跳的，那是饱汉不知饿汉饥，我是羡慕得要死，这才是天伦之乐啊。后来我们各玩各的，妻子做销售，晚上喝酒应酬，我泡在网上打游戏，夫妻间貌合神离。有一次，在网上看到一则消息，有男婴求收养，但中介费要八万。我试探对方说拐卖儿童犯法，他说不是拐来的，男婴母亲是个女孩，交友不慎才生下的，不要买方的身份信息，安全可靠。虽然我感觉其中有猫腻，但在求子欲望的驱使下，我偷偷买下。"

"作孽啊！"陈家辉感到无比心痛。

"眼镜"沉浸在往昔的回忆中。从那以后，他经常到书店买一沓育儿书籍，从营养搭配到婴幼儿心理，从早教启蒙到户外亲子活动，他如数家珍。每当遛娃和那些年轻妈妈聊起孩子时，他那滔滔不绝的经验之谈，让妈妈们佩服得五体投地，不无羡慕地说，还是爸爸带娃好。那些日子，每一片纸尿裤都是他亲手换的，每一则睡前故事都是他声情并茂讲的，每一场亲子活动他都一次不落地参加。他甚至不敢出差，怕自己一没在身边，孩子定会哭着找他，不想睡觉。

"九岁了，我还叫他宝宝。""眼镜"的嘴角，扬起不易觉察的微笑。

陈家辉听不过瘾，自从欢欢被抱走后，关于孩子成长的细节，他的脑中一片空白。以前满脑子想的都是怎么找到欢欢，塞不下其他东西，现在关在里头，什么事也做不了，反而腾空内心，可以静下心来听听唠嗑。

看陈家辉兴致这么高，"眼镜"继续讲起孩子有趣的事。"宝宝经常做让人忍俊不禁的事，比如我在做俯卧撑时，他就钻到我的身子底下，害我要一直撑住，怕压着他的小身子，他则在我身下咯咯地笑；清明节回老家扫墓的时候，宝宝问带这么多好吃的干啥，我说给已故的太爷爷，当我拿着锄头清除坟头杂草时，宝宝很懂事地说，爸爸，你想把太爷爷挖出来，给他吃好吃的吧；宝宝爱吸手指头，怎么戒也戒不掉，妈妈用纱布绑住他的大拇指，结果被偷偷拆掉，有一次，幼儿园老师告状，说宝宝把寝室的其他孩子都给带坏了，午休时，全体吸上手指头了。"

"哈哈哈。"陈家辉和"眼镜"一起开怀大笑，连眼泪都笑出来了。笑声引来牢房的其他人，大家都想听，全围在"眼镜"身边。"猴子"说："不打不相识嘛，闲也是闲着，给大伙讲讲呗。"

"眼镜"想了想，神情突然黯淡下来，说："那就讲令我印象最深刻的一件事吧，我这辈子都不会忘记。四岁那年，宝宝打了110。"

"来、来、来抓你这当爹的。""猴子"挤眉弄眼，结结巴巴地说。

"瞎扯淡，人家感情好着哪。""刀疤"对话题被打断，一脸不满。

"是我的错。""眼镜"低下头，双手捧住脸。

"你虐待孩子啦？到底不是亲生的。"陈家辉伤心地说，仿佛宝宝就是自己的欢欢。

"我把宝宝当亲生的儿子来养，不，他比我自己的生命还重要！""眼镜"有些激动，对陈家辉的误会极力辩解着，这一点，他不容许任何人怀疑，"那时，公司正组织精干技术人员攻关一款软件，需要和时间赛跑，给我开了丰厚的报酬，我犹豫了，干，晚上要经常加班，如果碰上妻子跑业务，宝宝就没人照顾；不干，不仅报酬没了，将来在公司的位置将被人替代。"

"干呗，谁会跟钱有仇？""刀疤"建议。

"确实，好工作不好找啊。"陈家辉勉强同意。

"我想了个折中的法子，先干吧，尽量赶在十点前回家，睡前还能讲个故事。妻子如果有业务应酬，提前给宝宝打开动画片，时间很快就打发了。"

"这办法好。"

"那天晚上，才八点多，我正在公司加班，突然接到一个陌生电话，说他是110巡警，让我赶快回家。我心里咯噔一下，宝宝出事了？我问民警是谁报警，回答说你家孩子，说完就挂断电话了。"

"这么小会打110报警？""猴子"感到惊讶。

"是我教宝宝的，遇到紧急的事情时，打110，警察叔叔会帮我们解决的。"

"那你赶紧回家呀。"

"我一回到小区，就看到我家楼下停着一辆警车，警灯闪得我心里发慌。当我进门时，宝宝抱住我的双腿大哭，不停地哭，知道自己闯祸了。民警告诉我，孩子是用家里的固定电话打了110，值班人员接起电话，可电话里头，只听到一声孩子的哭泣，就被挂断了。指挥中心立即启动紧急预案，查到我们家地址，并指挥辖区巡警紧急处置。当他们敲门未开，便果断处置，破锁而入。"

"孩、孩、孩子没事吧？""猴子"忍不住又插嘴。

"你是猴脑还是猪脑啊，有事还会抱着他爹哭？""刀疤"一脸鄙夷。

"我以为是孩子淘气，整出这么一出闹剧来，想到公司一大堆活没干，家里的门锁又被弄坏，就劈头盖脸地骂他，忍不住扇了宝宝一耳光，这是我第一次动手打他，也是唯一的一次。打完我就后悔了，宝宝哇哇大哭，泪珠顺着脸庞滑下，不知从哪里学来的动作，突然给我下跪，十指交叉，像祈祷，求我原谅，抽搐着说，宝宝再也不敢打110了，再也不淘气惹爸爸生气了。他的小身子因为害怕而不停地颤抖，眼里充满恐惧，我心如刀割，一把抱起宝宝，暗暗发誓，我以后再动手就不是人！

我问宝宝，为什么打110啊？他这才说出原因，因为看《大头儿子小头爸爸》，看着看着就想爸爸了，边想边哭，想起爸爸说过，有事打110，所以就打了，想让爸爸早点回家陪宝宝。我问他为什么不讲话又放下电话呀？他说那时，想起了爸爸的叮嘱。我给他讲过《狼来了》的故事，乱打110的话，下次就不灵了，他害怕，所以赶紧又放下电话。"

"好懂事的孩子。"陈家辉的眼泪已经出来。思念最亲的人，又必须强忍，对一个成年人来说，本就是件痛苦的事。一个四岁的小孩，能这么懂事，怎能不令人心酸。

这些大男人们全部保持沉默，各自想着心事，气氛有些凝重。

"上班后，我向公司申请退出项目。给我再多钱，咱也不干！""眼镜"用手扶了扶镜框。

"硬气！"陈家辉激动地抓住"眼镜"的手，仿佛自己的欢欢受到了善待，仿佛有人帮自己尽到了父亲的责任。

"后来呢？""猴子"关心地问。

是啊，后来呢？"眼镜"该如何舍得把孩子交给亲生父母？陈家辉心里也这么问。毕竟收买婴幼儿是犯法的，就算把孩子当作亲生儿子来养育，终归违法。这次被警察发现，到底是好事还是坏事呢？陈家辉说不上来该支持哪一边，这个素昧平生的宝宝，让他起了恻隐之心，父子情深，感人至极！如此残酷的现实，孩子如何接受得了？最后命运如何？陈家辉很想知道。

正当"眼镜"继续讲述自己的遭遇时，他被警察叫了过去，戴上手铐，带出牢房。看样子，他的判决下来了。

4

看守所是公安部门羁押犯罪嫌疑犯的地方，只要法院判决还没下来，仍然算犯罪嫌疑犯。被判刑期较长的转到监狱去改造，被判缓刑的，则就地释放，转到社区去司法矫正。那天"眼镜"走得匆忙，兴奋地说只判个缓刑，临别时，和陈家辉拥抱了一下，男人间煽情的话是多余的，除了留下联系电话，再没说啥。"眼镜"走后三个月，陈家辉的判决通知书也下来了，他被转到监狱去，因表现良好，今天提前出狱。

陈家辉说空气是甜的，一点不假，监狱建在江城的郊县，原先这一带是荒地，随着"农家乐"的兴起，一到周末，城里人喜欢往田野里钻，当地农民就在附近开垦出果园，供人采摘。此时，正值初春，田垄里到处是娇艳欲滴的草莓，让人垂涎三尺。农家院落里的桑葚树，长出鹅黄的新绿，像要在人间重新来过。

"上车吧，阿姨家里事情多，抽不开身，让我来接你。"安生朝陈家辉点点头，两人有很多话想说，却不知道该怎么说出口，结果心照不宣，上车后一路无言。陈家辉把手伸出车窗，像触摸流水一样感受风的轻柔，任凭车子一路开到临湖所的拆迁片区。

俗话说，物是人非。这次恰好相反，人是物非。

人还是同样的人。安生，一个年轻的警官，和自己素昧平生，自己犯错，猫抓老鼠天经地义，他却伸出了援手。大妹来信说，安生不仅帮忙安顿好家里，还发动捐款，资助女儿念完初中，没有安生，可以说没有这个完整的家。陈家辉在狱中目睹过妻离子散的例子，睡在隔壁床的小伙子，因为嗜赌，把家里值钱的家当全败光了，后来就去偷去抢，进监狱没多久，老婆闹离婚，本想妻儿是唯一能让他浪子回头的希望，谁料想第一次来探监，老婆就让他在离婚协议书上签字，还要带走儿子。小伙子自从签完字后，天天一个人蹲在角落发呆，连望风也提不起劲，在太阳下他的影子如此孤单，陈家辉于心不忍，主动开导他。后来有一天竟趁管教没注意，用偷藏的啤酒瓶盖，割腕自杀，还好陈家辉发现及时，才救了他一条命。小伙子感恩，当陈家辉今天收拾出狱时，竟有些不舍，抹着泪答应陈家辉一定好好改造，争取重新活过。

真的是变了。原先这里是拆迁区，民房很多，小路交错纵横。如今，许多民房已经推倒，到处是瓦片、砾石、土堆。

"因为昨天才接到阿姨的电话，时间匆忙，没有合适的房子，我就请师傅帮忙，让他在片里找个地，暂时先住下。他在那儿等我们了。"

"谢谢安警官，我这人不挑，又麻烦您啦。"

老陆一边在前面领路，一边说明下房子的情况："先住在老潘的家，他家还租着其他人，四楼搭盖的那间，租客怕拆迁，提前搬走了，咱们可以先住那。听说拆迁的法律文书下来了，开发商那边通知下个月正式拆，这个月给老潘两百块就行了，放心住下。"老潘热情地出来接待，陈家辉环顾四周，一层地板铺着透亮的大理石，楼梯旋转而上，台阶全是大理石，防护隔栏是不锈钢，扶手用实木包裹，光滑透亮。

"装修得这么好，可真舍不得拆呀。"陈家辉不无感慨。

"那是，刚建成的时候，镇里的领导还来我家视察，说是要树立榜样，带领大家一起发家致富，可谁想会有这等结局，当时情急之下，还闹出假装跳楼的闹剧，让陆段警笑话啦。唉，下个月就要拆了。"老潘些许不舍，"四楼是后来加盖上去，怕下面承重过大，就用铝合金材料搭起骨架，虽然不是很结实，但防雨防风一点也没问题。""一个人住这么大，够了，还有卫生间，感谢两位警官，我这几天出去找活干，赚点钱就回老家。"陈家辉清瘦的颧骨，线条舒展。

"回老家？欢欢不找啦？"安生有些惊讶。一路接陈家辉出来，安生明显感觉到他的变化，陈家辉一直在欣赏郊外初春的原野，他让车窗开着，任凭风儿灌进衣领，像正陶醉于一场音乐会。原先安生还以为陈家辉经此劫难，要么一蹶不振，要么愤世嫉俗，然而，从他的脸上，安生看到了一种叫安详的东西，它无比坚忍，它与世无争。

"当然要找，只是要先照顾好家人，亏欠大妹太多了。"

安生想不到陈家辉出狱后反而坦然了许多，他的遭遇令人同情，为了找欢欢，吃尽苦头，甚至误入歧途。在狱中到底发生了什么变故，竟能让他放下执念，惜取身边人，不知道该为他高兴还是难过。安生想起米兰·昆德拉的《不能承受的生命之轻》，书中写过这么一段具有哲学意味的话：

> 最沉重的负担压迫着我们，让我们屈服于它，把我们压到地上。但是，最沉重的负担同时也成了最强盛的生命力的影像。负担越重，我们的生命越贴近大地，

它就越真切实在。

　　相反，当负担完全缺失，人就变得比空气还轻，就会飘起来，就会远离大地和地上的生命，人也就只是一个半真的存在，其运动也就会变得自由而没有意义。

　　曾经，安生读完这部小说，自然而然地联想到陈家辉夫妇，他们为爱负重前行，身体和灵魂备受磨难，有人称之为救赎，有人称之为修行，生命的意义在于其本身——独特的个体。它的存在，就像一群穿越风霜的雁阵，总有一只被命运选择为破风的领头雁。而无意间闯入的安生，为其感召，顶替破风，哪怕是短暂的中转，也能深刻体会到其中生命的厚重。此刻，安生在思考另一个问题：从来都是漂浮状的生命之轻，与由重转轻的生命之轻会一样吗？好比夏虫不懂寒冰的凛冽，浮萍不懂崖柏的坚忍，只有那些凤凰涅槃、浴火重生的事物，才能真正懂得何为风轻云淡，何为心如止水。

　　走出老潘家的时候，安生问老陆："师傅，陈家辉都出狱了，我还没帮他找到欢欢，接下来我该怎么做？"

　　"你已经问心无愧了，很多事不能强求，一切顺其自然。"老陆安慰道。

　　"话是这么说，可放在心里总是一个梗。"

　　"年轻人就是执拗。"老陆拍拍爱徒的肩膀，忽然又想起了什么事，叫住安生，"你说世上事怎么就如此玄乎呢？"

　　"什么事能让师傅如此惊讶？"安生知道他有话要说。

　　"今天陈家辉出来了，当初主办他案子的郑威队长和李大满，却进去了！"

"进去？！"听到这个消息，安生不禁吓一跳。

"他俩一早从禁毒大队被纪检带走，消息很快传开了。"

"哦。"安生心事重重，虽然当初郑队和李大满把自己从刑警队挤走，还抢了陈家辉案子的功劳，但安生没有一丁点幸灾乐祸的意思，反而担心李大满的处境，他不会干傻事吧。至于郑队，第一天报到时，他还给新警讲了走好从警第一步的故事，简直是振聋发聩，让听者常以此鞭策自己，没想到听者认真，说者却口是心非，倒把自己送进去了。想到这儿，安生难免一番唏嘘。

5

陈家辉挺喜欢眼前的工作，可以靠自己的双手来赚钱，只要肯多花时间和力气，就能赚到相应的报酬。这活是安生介绍的，地点离自己的出租房不远，就在主干道的加油站内，是家汽车美容店，陈家辉负责洗车，按车次抽成。晚上六点以后，算自愿加班，抽成更高，他和外地来的一对夫妻，三个人经常加班到凌晨。

那对夫妻看他老实勤快，除了教陈家辉洗车技巧外，空闲时还会主动聊天，说："我们刚到江城时，身上就揣着一百块钱，连住宿的钱都不够，第一晚靠在公园的长椅上囫囵过了一宿。起初学老乡订制了一台手推车，在学校门口摆个流动摊位，做手抓饼，但得时刻防着城管，有一次，城管左右夹击，我们被逮住，手推车也被收缴了，第一份活就没了。后来，看到街上刚开一家汽车美容店，就主动应聘，我们勤快，老板很满意。春节期间，正是洗车生意最红火的时候，价格翻两倍。老板愁着问我俩，过年能不能留下？我俩合计，找份稳定的活不容易，为了将来能在这里立足，再把囡子接到大城市来念书，咬咬牙就答应下来了。"

"那孩子怎么办，不成了留守儿童？"一谈起孩子，陈家辉特别敏感。

夫妻俩平静地说："只要生活有奔头，这点苦不算什么。正月过完，老板人好，把晚上六点以后洗车的业务包给我们，说晚上这地荒着也是荒着，你们爱加班到几点就到几点，扣除成本，赚的钱全归我们。真是天上掉馅饼啦！我们夫妻俩兴奋得一宿没睡，遇贵人哪。这几年下来，攒了些钱，把囡子接过来念书，现在正准备首付的钱，争取买套小户型！"

陈家辉羡慕不已，他们家囡子乖巧懂事，梳个马尾辫，爱笑，每天总有说不完的开心事，还会亲切地喊他"伯伯"。看到三口之家幸福的样子，陈家辉感觉特别温暖，内心不仅默默祝福，也更加渴望回到江大妹的身边，自己入狱的日子里，家里老小全靠她一个人养活，太不容易了。

周五快收工时，安生过来找陈家辉，神秘兮兮地说："晚上有个聚会，是我和一个朋友组织的，走，一起参加。"陈家辉不喜欢去人多的地方，对人际交往唯恐避之不及，更别说城市聚会了。"晚上还要加班洗车，恐怕……"

"都是失孤的父母，大家在一起交流经验，互通信息，人多力量大！"安生眼里满是鼓励的眼神，陈家辉感到特别踏实。

安生稍靠前引路。这一带民房建在缓坡上，多是老建筑，红砖砌成，围墙围着，偶尔会有三角梅绽放，伸出巷子。他们顺着青石板路往上走，不时会有装束时尚的年轻人结伴经过，因为这一带老建筑居多，将要打造成历史文化街区，曾经搬走的年轻人也陆陆续续回来，或开个文化创意店，或经营咖啡慢吧，让这一带颓败的老房子焕发出文艺复古的气息。安生推开一扇虚掩的绿漆木门，院子里种了些花草，一簇竹子傍着墙角生长，高过了房子，显得修长、清幽，不知从哪里传来昆虫的低鸣，让陈家辉原本紧张的心情放松了不少。

二楼亮着灯，安生走进去时，已有十来个人围坐在一张长长的木桌前，低声交谈着。陈家辉坐在角落的位置，安生朝主人走去，两人会意地点点头，落座。陈家辉感觉主人有点眼熟，鼻梁稍矮，架着一副黑框眼镜，当再次和主人对视时，两人都认出了对方。

看守所出来的"眼镜"！

陈家辉激动得想过去拥抱，"眼镜"也因为高兴，不由自主地抬高了音调："今天是我们群的第二次聚会，我和安警官建立'亲爱的宝贝'公益寻子群，目的就是为了互相沟通，早点找到孩子。今晚大家相聚，想聊啥都行。"

"眼镜"向身边年龄较大的女人点点头，她是个和善的女人，还没开口就先向大家微微一笑，看得出经历了许多磨难，脸上因肌肉松弛耷拉成八字，眼睛浮肿，眼袋很深，大家用善意的目光对她表示尊敬。她说自己最北到过漠河，最南到过海南，足迹横跨大半个中国，为了省钱，从不乘坐动车和飞机，甚至连一块发霉的馒头，都舍不得扔掉，还要分上下顿来吃。经常听到的一句话是"你又没见过他长大后的样子"，面对质疑，她说，儿子长着弯弯眉，鼻子很有立体感，耳尖最高处与眼睛齐平，儿子眼睛小，单眼皮，只有在生病的时候才会有一点内双，儿子像她，下巴尖尖，即使长胖了，下巴的骨骼依然明显。（一个真正母亲的回答让他们刹那间沉默。）二十多年来，她遇到过好几个骗子，但骗不了她，一是她没有积蓄，房子卖了，借住在哥哥家里；二是骗子经不起她对细节的追问。她提醒大家不要因为寻子心切上当受骗，但也不能错过许多好心人提供的信息。她曾经找到了模样相仿、左手也是断掌的人，可是他对门前那条内河的描述相差极大，那一刻，她明白什么叫希望越大，失望也越大。这么多年下来，她强烈感受到人间的冷暖，有一次，她在一个社区的公共宣传栏上张贴寻子启事，旁边还贴有其他招租、治疗性病广告，过两天，她再次经过时，发现所有的小广告全被撕下清理干净，只有自己的那张寻子启事还醒目地贴在原地，儿子那张天真的笑脸，似乎在答谢这个世间所有善良的人们。

房内柔和的灯光打在这些沧桑的脸上，让他们今晚的讲述变得有温度。正如"眼镜"提示的那样："今晚我们不哭，要看到光。"他们分享了防骗经验和省钱的办法，还分享了如何自我暗示，走出心理阴霾。

"我是搞网络IT的，我会把宝贝们的信息发送出去，把有用的信息筛选回来。'亲爱的宝贝'群会一直陪伴大家，直到最后一个找到孩子的人。""眼镜"笃定地说。

"我们离最后的团圆，只差一滴血的距离！今年公安部开展以侦破拐卖儿童积案、查找失踪被拐儿童为主要内容的'团圆'行动，不论是打拐数，还是团圆的家庭数，咱们省都走在全国的前列。我们要配合做好采集血样的宣传工作，帮助别人也是帮助自己。来，一起加油！"安生的提议，让气氛又热烈起来，聚会在相互间的"加油"声中结束。

"眼镜"走向陈家辉，两人拥抱在一起，像多年未见的老朋友，反而不知道该怎么问候。安生站在一旁，似乎看出他们的经历。

"为什么没来找我？我给你电话号码了。""眼镜"问。

"我的身份，影响不好。"陈家辉如实回答。"眼镜"明白他所指的"身份"。

"来，坐下聊，我知道你想听什么。"

"眼镜"说，他和宝宝分开，是在派出所的案审室。据办案民警介绍，房间里的那对夫妇，是宝宝的亲生父母，从贵州来。认亲时，宝宝哭得比他父母还厉害，死死地抱住我的大腿，哭喊"我要爸爸，爸爸不要丢下我！"凄厉的叫喊声，像尖刀一样剐我的心，让在场所有人都无比动容，连明察秋毫的户籍女民警也在抹眼泪，我没有怪她，抱起宝宝，不停地亲他的小脸蛋，告诉他："你是男子汉，你有两个爸爸妈妈，照顾好他们，我要去赚钱，将来供你上大学。"走出派出所，民警给我戴上手铐，身后传来宝宝凄厉的"我要爸爸——"

"眼镜"哽咽，说不下去，他取下镜框，用手绢擦下眼睛，继续说："这一别可能是永别了，即便我缓刑出来，还是无法走出思念的阴影。他玩过的玩具还在，他吃饭的座椅还在，甚至他穿过的衣服，我还经常拿出来闻。有一天，宝宝的父亲打来电话，说和孩子通个电话吧，孩子想你经常生病，在发烧，嘴里念叨着你。我接过电话，那头传来宝宝软弱的声音。"

"爸爸，你怎么不要我呢？"

"后来，我们两个男人商量，让他们一家人来江城打工，一起养育宝宝。他们家境贫困，也希望能给孩子好的教育，就答应来江城。现在两家人一起照顾宝宝，我周末会去看他，孩子很开心。我答应宝宝，祖国大地，只要你课本出现过的大好河山，我都带你去逛！现在，我和我们片警安生警官，一起建了个江城寻孤群，助力他们寻子，算是报恩吧。"

"我一直也有个疑问，看守所的牢房都一样，你当时为什么不想待在314房？""眼镜"问。

"3月14日，我家欢欢生日。"

"……"

"命运如此捉弄人，当时我彻底绝望了，谢谢你，'眼镜'兄弟！是你讲了宝宝的故事，帮助我走出阴影。我在内心把宝宝当成了自己的欢欢，他的快乐就是我的快乐，一想到欢欢说不定也遇上像你这么样的好父亲，我的心就宽慰了许多。"

"卡佛的鱼群。"安生叹了口气，似在自言自语。

第十三章

1

李大满走出市局纪检室，长舒了一口气，完全换了一个人。

和郑威大队长一起从禁毒大队被带走时，李大满像一只惊弓之鸟，没有了先前目空一切扶摇直上三千里的傲气。本来他已经掌握了阿彪的上线"黑虎"的贩毒线索，这可是一条大鱼，跨境走私，近期他将从南方带回一批货。郑威说了，只要破获这起大案，立即提拔他为中队长，日后的前程一片光明。谁能想到，郑威自己倒进去了。大满之所以也被带走问话，其实是和郑威一起牵扯到刑警队时的案件——林宝平的诈骗案，这是安生和自己一起办的第一起案子。听说，林宝平狱中出来后，实名举报郑威收受贿款，当初答应帮人家取保，结果事情没办成，还私吞贿款，人家心有不甘，便把他给告了。李大满作为该案的主办民警，自然也被牵扯进去。

"安生啊安生，没有你，我李大满今天就出不来了，改天再和你絮叨。"

下午大队倾巢出动,因郑威进去后再没出来,行动便由副大队长林队具体指挥,分管刑侦的副局长坐镇协调。李大满一出纪检室,就向林队汇报了个人情况,林队说:"纪检领导已经和我说了,说你是个好同志,能经受住考验,大队人马已经兵分两路,去抓捕'黑虎',你来不及跟上了,干脆就守在他江城家门口,作为预备B计划。"

李大满在腰间别了个铐子,直奔大毒贩的小区去。这个小区新建成没多久,尽管不在市中心,但地处南江滨,沿江空气清新,高层可全景望江,动辄几百万,入住的多是暴发户,是江城新开的屈指可数的高档楼盘。李大满出示工作证件,顺利通过了保安岗。小区内楼距间隔很宽,大片的空地用来绿化,有从国外引进的名贵树种,有人工增设的假山亭台,一步一换景。

不愧是高档小区,连路上的井盖,都精密得看不到缝隙。可是现在的楼盘,名字起得很怪诞,挖个沟叫"爱情海",种棵棕榈就叫"雨林海岸"。李大满心里觉得好笑。他看到一处亭子,有老人休息,便走了过去,择一靠柱子的位置坐下,这里,既可以观察到"黑虎"那栋楼的进出口,又可隐蔽,不会轻易被发现。有必要这么谨慎吗?李大满也觉得好笑,"两路人马出发,一路跟踪他的车牌,一路在高速口拦截,十拿九稳的事,根本就没自己啥事,可惜啊,自己千辛万苦拿到的线索,抓捕时却被人抢功,唉,这滋味。"不过这时,李大满也想起了当初陈家辉的案子,他不也是这样抢了安生的功劳吗,说是下三烂都不为过,可是人家安生,一点也没放在心上,"真是好兄弟啊!"

"小伙子,你也刚搬来吗?"亭子里的老人,一脸慈祥地问。

"是啊，就在前面这栋。"李大满感到无聊，接住话茬，"您孩子可真有本事，做生意的吧？"

"是啊，表面风光，可他遭的罪，我看着都心疼，起早贪黑，每天喝酒应酬，胃都坏了。"老人唉声叹气。

"这叫财富自由，后半生就可以躺平了。"李大满笑着说。

"孙女都不认他了！家里鸡飞狗跳，一个家庭不能相亲相爱，那还叫家吗？人活着，不就是一张嘴一张床嘛，区别有那么大吗？"老人打开话匣子，"在城里待不习惯，各家都关着门，谁都不认识谁，我正闹着要回老家，天天可以串门，都是大半辈子的老伙计。"

李大满想起自己的上湖村，村尾有棵古榕，不论什么时候想和人聊天了，你只要去那儿一坐，就会有人和你聊起最新国内外局势，连将来太空只有中国唯一一个空间站都知道。想到这，李大满的脸上，露出得意的笑容。

正当大满还在琢磨着林队那边行动怎么样了，按正常应该收网了，这时，林队打来电话，焦急地说："大满，情况有变！毒贩狡猾，我们在高速出口一前一后夹住嫌疑人的车，结果车上就司机一个，经突击审问，说是'黑虎'在进高速服务区时就先走了，估计下高速后，会换车回家，你要做好准备，我们赶过去增援，启用B计划！"

李大满一下子绷紧了神经，此刻，这边就他一个人，按抓捕标准，保持警力优势是个重要的原则，万一"黑虎"真的出现，他该怎么处置呢？没有更多的时间让李大满考虑，因为，"黑虎"吹着口哨，出现了。

李大满起身跟上。刚好"黑虎"在等电梯，李大满的脑中飞快地把眼前的他，和记忆中的照片进行了比对，对，就是他！烧成灰都认得，那张相片，大满不知看了多少遍，国字脸，凶狠的大眼睛，身高1米78。奇怪的是，"黑虎"长得不黑，也不知道怎么会落下这样的绰号，可能在道上混需要这样的名头。此刻，他着一身灰色西装便衣，敞开扣子，裤兜有些鼓，手上拿着黑色手包。李大满测算过，抓捕时，按他的速度，绝对不会给"黑虎"拉开手包掏出东西的时间，当前最危险的是他裤兜里鼓鼓的东西到底是什么，不论是枪还是匕首，只要他想掏出来，就是一眨眼的事，这才是李大满重点关注的地方。

"叮——"一楼电梯的门开了。"黑虎"进去，李大满也跟进去，"黑虎"摁了16层，大满摁了23层。"黑虎"看了大满一眼，没有任何表情，又转头盯着屏幕上不断上升的楼层数字。大满的心，快跳到嗓子眼，还好是新建的小区，谁都不认识谁，看情形，"黑虎"一定还沉浸在洋洋得意的幻想中，不愧是老狐狸，反侦察意识很强，中途临时下高速，跟警察玩金蝉脱壳游戏，再换乘的士，一路优哉回家。此刻，自以为已经平安到家，正是他警惕性最低的时候，此时不抓更待何时！李大满已下定好决心。

时间容不得李大满多想，又一声"叮"，16层先到，就在电梯的门正要开启之际，说时迟那时快，李大满从背后一个锁喉踹腿，把"黑虎"摁在电梯里。"黑虎"拼命挣扎，电梯晃得厉害，大满跪住他的肩和腰，掏出手铐，一声清脆的"咔嚓"，把"黑虎"的双手铐在后背。电梯的门正要关上，刚好卡住"黑虎"的脑袋，又弹开。最危险的地方是他的裤兜！李大满把手伸进他的裤兜，准备搜出来看看到底是什么东西。谁想到，就在李大满把手伸进他的裤兜时，右手食指被什么东西扎了一下，缩回手一看，流血了。

"里面什么东西？"李大满厉声问道。

"针筒，吸毒用的。""黑虎"一脸不服气。

"针筒为什么没有包装袋？"李大满有些惊恐。

"别人用过的，他可能有艾滋病！""黑虎"露出嘲弄的眼神。

李大满遂在膝盖上加大力气，痛得"黑虎"嗷嗷大叫。

干了这么久的禁毒，李大满知道，有些吸毒的，毒瘾上来后，如果一次性针筒不够，照样会用别人的，吸毒人群患上艾滋病的居多，正因为如此。而且艾滋病毒，潜伏期长，一旦染上，按目前医学水平，算是不治之症。李大满感觉头皮发麻，直到110民警赶到现场时，他仍目光呆滞地盯着食指上的血迹。

林队带领大队人马，到所里提人，一听说李大满搜身时，不小心手指被毒贩的针筒刺到，豆大的汗珠，从这位身经百战的缉毒老兵脸上滴落。他明白这意味着什么，赶紧开启警笛，呼啸着奔向就近的市一医院。

"大满，你别担心，我们去医院做个检查，不一定用过的那人就有艾滋病。"林队不停地安慰李大满，尽管嘴上这么说，心里早已拔凉拔凉的，赶紧向局领导汇报。

李大满看向车窗外，路上的车川流不息，行人都在埋头赶路，热闹的店铺写着花花绿绿的广告词，偶尔有小摊贩推着小推车，想趁着中午时间卖些零食，眼睛正四处张望，似乎在防备城管。

活着，真好！

2

安生来回抚摸着手镯。

台灯下，这只翡翠手镯，清丽通透，亮得耀眼。不同于常见的贵妃镯、平安镯等，它是天然飘花翡翠手镯。翡翠飘花，是指翡翠里有浮云飞絮一样绿色的絮状物，十分飘逸灵动，这么别致的颜色分布，给翡翠染上了不一样的灵动感，在刚性的光泽里，透出飘逸脱尘的气质。

自打安生出生起，奶奶的手上就不离这只镯子。奶奶说，这是爷爷祖传之物，历经战火流离和家道中落，好多次为生计差点被典当卖掉，他们家的男人，硬是咬牙挺过去，一直保存下来，到爷爷已经是第三代了。祖训说把它戴在心爱的女人手上，女人一辈子都会跟着患难与共，嫁鸡随鸡，和睦一生。爷爷年轻时，是庄稼地里的好手，有使不完的劲，加上脑袋瓜好使，被村支书看上，提拔为生产队长，村支书时不时地暗示他女儿有多勤劳，屁股大会生一窝的孩子，人多力量大，致富不用愁。而爷爷呢，自从观看完村里腰鼓队的表演后，就喜欢上了奶奶，说她腰扭得特棒，模样也俊，以后有事没事就往奶奶家里跑，担水砍柴，揽下所有体力活，两人对上眼，很快就好上了。那天，爷爷告诉太祖母，说有心上人了，非她不娶，太祖母看他说得认真，就脱下这只镯子，叮嘱爷爷，好好对人家。姑娘时的奶奶戴上这只飘花镯子，喜欢得不得了，说镯子有灵性，会认人，打那后，就从来没见过她脱下镯子。

安生上大学时，如饥似渴地博览群书，尤其喜爱中国传统的古典文化。在古代，男人会为一句诺言慷慨赴死，女人也会为一件小小的信物生死不弃。爷爷和奶奶相敬如宾，风雨岁月里，互相搀扶，相濡以沫，成就了自己美满的婚姻，也延续了这只手镯的传奇。

那天送完爷爷最后一程，安生在房间里收拾行李，准备回江城上班。奶奶走到安生跟前，慈祥地说："安生，拿好这只镯子，它陪伴我几十年了，现在你爷爷不在了，我也没必要再戴了，再戴着它，我会天天想念老头子的。"说完，眼泪就出来了。

"奶奶，您可以把它藏在箱子里作纪念。"

"不用了，人老容易糊涂。将来你有喜欢的人，就送给她，一辈子要对她好。"奶奶突然又想起什么，回自己的房间，取来一根红线，绑在镯子上，解释道："按祖宗的规矩，红线绑在鸡脚上，代表结发同心，相亲相爱一辈子。"

奶奶送安生走出巷子口，当安生即将拐弯离开时，奶奶又叫了一声："安生！"安生赶紧回头应答，深情地望了下风中的奶奶，朝她深深鞠了个躬。这是祖孙俩不成文的默契，是祖上传下来的习俗，当年轻人要去远行，长辈喊一声孩子的乳名，孩子一定要转身应答，这样走得再远，也不会忘了回家的路。

此刻，安生抚摸着这只手镯，晶莹剔透，手感润滑。安生有心上人了，和她心意相通，互相爱慕。初中时的夏语嫣，葱白脖颈，更多的是少年时爱慕的一个符号，时隔多年，她已出落得亭亭玉立，善良可爱，有追求，有思想，身上有一种让人着迷的魅力，不仅能散发出幽幽的清香，还能像磁铁一样吸引着你，让人茶饭不思，痴痴傻笑。那天，东站的夕阳，把余晖洒向废弃的铁轨，洒向两个年轻的脸庞。朝气与暮色，英俊与美艳，相得益彰。

"语嫣，择个良辰吉日，这只手镯，让我亲手为你戴上。"

打开门，安生走出阳台，一轮圆月正挂于天穹，清辉如碎银洒向人间，他想起了日本作家夏目漱石唯美的情话：今晚的夜色真美。安生突然有了灵感，记起夏语嫣说过，给她写一首诗，折回台灯下，提起笔，一首《废弃的铁轨》跃然纸上。

> 父亲为儿子点烟
> 母亲往车窗里塞水果
> 他们要上山下乡，要入行伍
> 要求学，要去远方。拥抱，挥手
> 我听不到任何声音
> ——这样的画面
> 此刻，在东站废弃的铁轨之上，终于清晰
> 语嫣，从古典青瓷中走出来的女子
> 在我清澈的凝视里
> 釉面的桃花，次第开放
> 我愿意改车换马，甚至驻足，等你
> 你面露微光，愿意和我
> 浪费脚步，行走于枕木之上
> 我们并排牵手
> 回家，回到那个相信爱情的年代

安生正想把这首诗发给夏语嫣，李大满提着酒，推门进来。

安生把手机收起，陪大满坐下。

"安生，我们多久没在一块喝酒了？"看来李大满已经喝过一些，说话时还透有酒气。

"入警周年庆喝过。时间过得真快，眨眼间又一年了。"

"你会嫉妒我当副中队长吗？新警集训时，你可是二队灵魂人物。"

"集训那么苦，得有一口气在，要不会有人熬不住。你也一样，能挺身而出，带好禁毒的兄弟们，为你高兴还来不及呢。"

李大满给安生倒了杯白酒，碰杯，一饮而尽，接着说："刑警队林宝平的案子，我们都想办，谁不想早点在队里立足，可是郑威让你来主办，我当时嫉妒啊，为什么又是让我做你的陪衬？郑威收了林宝平的钱——我昨天才知道，要取保，你极力反对，我却落井下石，帮他挤走了你，我后悔呀！安生，昨天，我和郑威都因这个案子被纪检带走，他关进去了，我却平安出来，你知道为什么吗？是你，是你救了我！你离开前写了'关于延长林宝平刑事拘留的报告'，网上流程签了你的名字，郑威大发雷霆，却也无可奈何，就草草让我也签名结案。纪检同志夸我讲原则，我是一身冷汗，要是当时改成取保，我是脱不了干系！"安生从柜子里取出老家带的烘焙花生，和大满就着花生又喝了两杯。

"安生，你知道全国牺牲的民警有多少人吗？"

"为什么突然提起这个？"安生感觉大满今晚有些异样。

"还记得新警集训时郑斌斌出事那件事吗？"

"记得！斌斌路遇一偷车贼，勇敢上前制止，被他同伙打伤，整个区队还为此挨批。"

"郑斌斌做得对！我们是警察，危急时刻岂能无动于衷？也许事后会后悔会反思，当那个情景，换你也会上，人的一生，总要做几件将来回忆时能感动到自己的事。安生，今天我一对一面对大毒贩，本来跟住就行，结果我怕他太狡猾又会逃跑，就在电梯里摁住他，谁料到搜身时被他的针筒给刺了，说是被艾滋病的用过。"

"啊？！"安生手中的酒溅到地板上。

"生死五五开吧，下午刚做了体检，一周后再到另一家医院体检。可能要来世再做兄弟了。"李大满把酒往嘴里一倒，辣劲从胃里冲上脖子，"安生，最后求你件事。"

"说！"

"我知道你心里也暗暗喜欢夏语嫣，从初中就开始！剃光头帮夏语嫣，仅仅是为了出气？别以为我傻。你还暗中叫斌斌去帮她，这些你做得对，没有出格。但是安生，你知道吗，我追了语嫣好多年，嘴都没亲过，我保证不会亵渎她，求你给我两周时间，我找个机会向她表白，不管她答应与否，至少做个了结，死而无憾！这两周可否先不要和她联系，让她做出真正遵从内心的决定。如果她真的爱你，也不差这两周，求你给我这个濒死的人最后一个希望。"李大满有些激动。

"万一你真有艾滋病，这对夏语嫣公平吗？！"安生豁地站起。

"你忍心看我带着疑问进烈士公墓吗？那样，我会死不瞑目的！"李大满一脸悲怆，直视安生的眼睛，"就算我真有艾滋病，难道就不配有爱的权利吗？"

"等你体检结果出来，确认没事了，一样来得及呀。"

"饱汉不知饿汉饥，当你也像我今天这样，真正面对生死时，你就能明白，爱情是唯一能照亮你黑暗世界的灯塔！"

安生知道李大满今晚说的都是真心话，可是，该怎么跟夏语嫣解释呢？

3

大学最后一年，课业不重，只要完成好毕业论文，那张对你意义重大的纸，就能唾手可得，可事实上，这一年却是最辛苦的。考研，考证，找工作，出国申请等，随便一样都能压得你喘不过气来，伊湄也是。

她把所有的时间都排得满满的。

从早晨睁开眼晨读起，到晚上熄灯，不是在舞蹈房，就是在图书馆，她喜欢这种充实的节奏，为一个又一个目标打转，可以暂时忘掉烦恼。舍友说伊湄，你像换了个人，为了几个保研名额这么拼，值得吗？伊湄笑笑说："说不定到时候那几个名额就有我伊湄的名字，要不要一起努力？"舍友说："得，我出国去。"其实，没有人知道伊湄内心的苦闷，她只想用这种方式来排解。当岚岛追完"蓝眼泪"回来后，伊湄仍沉浸在爱情的幻想中，仿佛白马王子要驾着五彩祥云来迎娶她。爱情不是用商业利益可以交换的，她暗暗庆幸，还好和威威分手。可是高兴没几天，安生就委婉地告诉，说他心里有人了，放不进别人。伊湄说是夏语嫣吧，人家已经有男朋友了，趁早重新来过，别耽误了自己，也别耽误了别人。安生说就是怕耽误你，才要跟你讲清楚这事，适合自己才是最好的，爱的意义是它本身，而非其他。

虽然伊湄没搞懂安生最后一句话的意思，但安生婉拒的本意，伊湄接收到了。这回伊湄没想跳河，她为自己曾经幼稚的行为，感到羞耻。爱情和婚姻，对女人来说很重要，但不是全部，女人可以为爱牺牲，前提是对方也可以为你这么做。伊湄当场去美发店，要理发师剪掉长发。人家不肯，说小姐这么乌黑漂亮的秀发，剪掉我看着都心疼。伊湄说剪掉更清爽，免得磕磕绊绊。

那一刀下去，伊湄的眼眶都红了。

从那以后，伊湄再没主动跟安生联系，一门心思地扑在考研上，她的目标是考取本校的研究生，不管是通过保研还是参加联考。她还像大姐姐那样，在宿舍指导舍友学习和生活上的细节，整天提醒这提醒那的。刚开始大家还有些抗拒，好不容易逃出父母的掌控，又陷入你伊湄的魔掌，后来慢慢地也习惯了，都把伊湄当成小姐姐，只是突然变了个样，看她忙里忙外的，看着怪心疼的。

父亲催过好几次了，说："别在国内考研，僧多粥少，狼多肉少，这个道理应该懂吧，咱们到国外去，多花些钱没事，给你申请世界最顶尖的舞蹈学院，出口转内销，也算海归吧，还可以开眼界长见识。"伊湄说："不用你操心，你关心你的'后妃'吧，我只想留在江城。父亲说你到底是想考研还是只为了留江城。"伊湄说："我也不知道。"

当伊湄手上拿着两份沉甸甸的录取通知书时，她无法再回避这个问题。一份是本校的研究生，另一份是国外顶尖的舞蹈学院。是啊，这一年来，自己拼了命地考研，到底是为了什么，仅仅是为了排解对安生的思念吗？

是念想！

一个明知不可能却还放不下的念想。伊湄想考上本校的研究生，是为了留在江城，留在江城的目的，是为了留在安生身边。可安生说过他有心上人了，这可怎么办呢？最后再争取一次吧，至少对自己有个交代，即使输了，也无怨无悔。

安生宿舍的灯还亮着，伊湄敲开他的门："安生，在看啥呢？"

安生正心事重重地在抚摸手镯。自从李大满求他保持对夏语嫣的真空期后，安生心里空荡荡的，仿佛一个人被抽离了灵魂，只剩下行尸走肉。此时，伊湄的突然出现，让安生既感喜悦又感不安，喜悦的是好久没见，他挂念伊湄现在怎么样了；不安的是，从没这样拒绝过一个女孩子，她会不会落下阴影。

"没想到会是你，我在看我奶奶的手镯。"安生拉开一张椅子，请伊湄坐下。

"还绑着一根红线，是要送给谁吧？"

"不知道有没有机会送。"

"想送给夏语嫣吧，这么久了，还没搞定？"伊湄眼中露出不易觉察的希望之光。

"说说你吧，最近怎么样了，有什么打算？"

"今天就为这事来，给你看这个。帮我挑一个。"伊湄把两份录取通知书递给安生。

安生认真地看了一遍，思考后，说："国外这个好。"

"你真的这么认为吗？"伊湄眼中的光，重新熄灭。

"不管是对你学业的帮助，还是眼界的提升，都是难得的机会！"

"安生，你应该明白这么迟了，我为什么来这里，就是想问你，我们还有没有可能？只要你愿意，我就留在江城陪你，我爸还会给我们一大笔财产，不会比你当一辈子警察赚得少。我们可以在岚岛买个海景房，面朝大海，一起看流星雨，一起追'蓝眼泪'！"伊湄一口气说出了埋藏已久的想法。

安生木在那儿。此刻，他的心里只有夏语嫣，满脑子都是她的一颦一笑，想着她在江大妹家里难过的样子，想着她在江堤上衣袂飘飘朗诵《赤壁赋》的样子。

而夏语嫣正要找安生。尽管安生在感情方面有些迟钝，但夏语嫣相信，他能看懂自己含蓄的表白，果然如此，安生的回复让她欣喜若狂，很多时候，相爱的人就是因为这层纸没捅破，最后天各一方，遗憾到老。可是，令夏语嫣没想到的是，接下来的几天没有安生的任何消息，连一个电话也不给，"死安生把我当什么人了，我主动表白还不够，还要让我主动约你吗？这样下去，婚后岂不要每天给你端洗脚水呀，你一个大老爷们儿，还能有什么冠冕堂皇的理由？！不理就不理，谁怕谁。"连续几天，夏语嫣茶饭不香，辗转反侧，人也消瘦了一圈，这才理解李清照的词为何如此缠绵悱恻，今晚，再不弄清楚怎么回事，她肯定得失眠。

伊湄看安生木在那儿，心里明白安生不可能回心转意，他的心里一直放着夏语嫣，他就是这么固执，而自己，不就是为他这份固执所打动吗？如果安生是个三心二意的人，那也绝对不是她伊湄喜欢的类型。现在只剩下一条路了，出国读研，为自己而活。可是这么一别，少则两年，多则可能就是一辈子再也见不到了。想到这，伊湄不禁悲从中来，不争气的泪水簌簌落下，一滴，两滴，最后是今年积攒的所有泪水。

安生最不忍心看见女孩子哭，每回看到女孩子哭，他就会为之打抱不平。而此刻，伊湄哭得如此伤心欲绝，而且是因为自己，安生也鼻子一酸，上前轻拍伊湄的肩膀，伊湄站起身子，直接扑到安生的怀里，呜呜地哭出声来。

"啊——"推开虚掩的门，本就火气难消的夏语嫣，看到两人抱在一起，不禁惊叫出来。等安生反应过来，夏语嫣已经跑下楼梯，她手捂着脸的背影，渐渐消失在夜色中。

4

"卡佛的鱼群。"夏语嫣默念着。

喜欢一个人的时候，你就会想方设法去了解对方的喜好，揣测对方的心思和精神世界。"卡佛的鱼群"，是安生在丽江时对自己说过极简的话，当时一掠而过。真正心意相通、志趣相投的伴侣，一个眼神、一个词语，就能让对方明理达意。"失恋"这几天，夏语嫣开始从私密箱子里取出卡佛的书，认真读起来。起先，这本书是安生借给自己看的，而高傲的夏语嫣对卡佛并不感冒，世界名著多着哪，有必要去读短篇小说集吗？夏语嫣只是把这本书当成礼物收藏，不，当作是古人的信物，根本没想着将来要还给安生，偷偷地把它珍藏在私密的箱子里。

《第三件毁了我父亲的事》，小说讲述我父亲的朋友哑巴，一名厕所保洁工，生活艰难，年轻的妻子也有流言蜚语。在我父亲无意中说道下，哑巴购买了一批鲈鱼苗，养在自家附近的池塘里，花光积蓄设了栅栏，把鱼苗当成宝贝来精心养护，等鲈鱼长大成群后，甚至心疼地连一条鱼也不让我父亲钓走。后来雨水泛滥，冲走鲈鱼，加之妻子出轨，他的心理彻底崩溃，杀掉妻子，再溺水自杀。可以想象，那些自由自在的鲈鱼群，成了哑巴在人世间所有身心的寄托。那些在月光下从容晃动的闪亮脊背，成了哑巴在人生暗夜里最后的光亮。当心中唯一的希望消失，对于他，不啻无法挽回的灾难。

安生说过，"对，明亮的事物。愈是身处绝境之中，愈能感受到它的明亮。"夏语嫣终于明白，"卡佛的鱼群"，是安生给那些明亮的事物起的名字。安生之所以如此执拗地去寻找欢欢，是因为他想让卡佛笔下消失的鱼群，重新回归家园，或者说安生想用自己微弱之光，去点燃他人生命中的灯塔！想到这，夏语嫣感动得要哭，为安生？为哑巴的鱼群？还是为那些白血病的孩子？夏语嫣自己也说不清楚。

"人生若只如初见，何必秋风悲画扇"，纳兰性德的诗，道出爱情注定是蜿蜒曲折的，一旦攀上它，就会陷入剪不断理还乱的烦恼泥淖，让人欲罢不能。夏语嫣刚尝到爱情的甜蜜，却亲眼见到伊湄扑在安生的胸前哭泣，"死安生，你怎么可以这样？"

这几天，夏语嫣整个人昏沉沉的，做什么事都提不起劲，以前干起活来雷厉风行，从不拖泥带水，现在呢，报社的采访任务，能拖就拖，一说是出差，就让新来的小魏帮忙顶一顶，吴主编看出问题，说是不是因为他明天正式退休，有点舍不得呀。夏语嫣说才不是呢，是最近状态不太好，休息一会儿就没事了。吴主编说："看你心事重重，是不是和男朋友拌嘴？"夏语嫣骄傲地扬了扬头，"后面有一个加强连在排队，谁敢惹我。"

许多次，手机铃音响起，夏语嫣都会立马去看，她期待打来的是那个熟悉的电话号码，电话那头是熟悉的磁性男音，他再三解释，她再三不理，他一直哄，直到她满意为止。而事实上，希望越大，失望也越大。夏语嫣想起常去的那家咖啡店，情调品味都不错，当她一个人坐在曾经的位置上，品着相同的咖啡时，味道却大不一样。别的桌子都是成双成对你情我浓的，以前她可从来不在意这个，反而很享受独处的时光，可以静静地思考，可以毫无目的地翻阅休闲杂志，今天看到别人的恩爱样，自己变得顾影自怜，加上大厅播放的是欧美伤感的情歌，这氛围，让夏语嫣落荒而逃。

睡前无意中翻到一首情诗《爱情忽如其来》，作者是意大利女诗人帕特里齐娅·卡瓦里，夏语嫣读了好几遍，在大脑里让它单曲循环。

> 像一场感冒
> 爱情忽如其来。那不是感冒
> 而是头痛，驱散了脑子里所有的思想
> 只留下内心的甜蜜。但也许那是一碗
> 醍醐灌顶的热汤
> 让我的身子融化成
> 温热的乳液：
> 动情的身体
> 要抵达一个遥远的车站。

它写出夏语嫣此刻复杂的心境，甜蜜与烦躁，伤心与期待，真的是五味杂陈。夏语嫣认为自己不是那种任性、爱耍脾气的小女人，只要你安生好好解释，能自圆其说，他说的每句话，她都会相信。可是，令夏语嫣实在无法理解的是，安生为什么不主动打个电话呢？

因为失眠，周末早上十点多了，夏语嫣还没起床，爸爸打来视频电话，说："嫣嫣怎么变懒了，早饭没吃，胃会饿坏的。"夏语嫣说："你别管，人家烦着呢。"女儿是爸爸的小棉袄小情人，一有风吹草动，爸爸肯定是春江水暖鸭先知。他把视频对准院子里的秀秀园，说："看看我种的玫瑰，红艳艳的，惹人喜爱，可是我正想摘下送给你妈时，却被它的刺给刺到了。"夏语嫣明知故问："你想说啥，没听明白。"爸爸说："女儿长大了，自己喜欢什么，遵从内心的呼唤。"夏语嫣撒娇说："女儿才不想嫁人，等我买房子了，接老爷子和老婆婆过来。"爸爸乐呵呵地说："这丫头，不打自招啦。"

正当夏语嫣端出自创的营养早餐，想美美吃上一口时，快递小哥上门，让夏语嫣签收。

"我没有买呀，你送错了吧？"

"不会错的，寄件人李大满。我们是同城速递，验货无误后再麻烦你签收。"

夏语嫣接过方形的包裹，有些沉，打开一看，是个红木盒子，红木厚实，做工精美讲究，拉盖上还用双面胶粘了朵玫瑰。夏语嫣似乎预感到了什么，心跳有些加快，她犹豫了一下，继续打开盖子。

是块精美的瑞士手表！

薄薄的手表，全身银白色，边沿镶有金钻，搁在红木箱子的右边，而在它的左边，陷进的部分约表腕宽，看得出另一只男式的手表已被人取出，是情侣表！表还是"表白"的谐音，夏语嫣一下子就弄明白怎么回事。

快递小哥微笑地看着夏语嫣，把单子递给她，本以为夏语嫣会激动地流下幸福的眼泪，唰唰一下子把单给签了，没想到夏语嫣却合上了盖子，归还给他，平静地说："我不要，麻烦物归原主。"

夏语嫣随后给李大满发了个信息：老同学，我只喜欢那个红木盒子，新版的买椟还珠哈。李大满回复：收下礼物，椟和珠，就都是你的。夏语嫣说：名表好呀，只是我的手腕不适合。

李大满问：因为安生？夏语嫣回答：是。

晚上吴主编的退休晚宴，更像是朋友小聚，几张长桌拼在一起，一字摆开，大家坐在一块，有说有笑，毕竟相处久了，还是有些舍不得。吴主编喝得有点多，说大家放开喝，就是给我面子，今晚不谈工作，只谈风花雪月，有美酒相伴，不应让良辰美景虚设。年轻人起哄，那你说说你记忆中印象最深的一段爱情。

吴主编叹了口气，说他当年到陕北黄土高原当知青，住在村支书家里，支书的闺女秀秀看他白天出工晚上学习，心疼他，暗地里帮忙洗衣缝补，还时不时地在他碗里藏个鸡蛋五花肉什么的。那时吴主编的父亲还未平反，属于"黑五类"，知青中的积极分子不愿和他交往，他感到生活无比枯燥，在那些孤独的岁月里，是秀秀用温情抚慰了自己，他明白秀秀的意思，但他有自己的抱负，不想留在那儿，秀秀比较含蓄，总用深情的目光瞅他。为避开尴尬，他说自己很向往陕北民歌信天游，能不能吼一嗓子？奇怪的是，每次一提出这个请求，她总是笑着说无缘无故地哪能吼得出来，然后就害羞地跑开。他高考考上那天，向秀秀道别，她陪着翻过一道又一道山梁，一路相送，最后两人估摸分开有一里地，在他即将没入山坳时，一曲悲怆的信天游破空而出，她明白，两人不可能在一起了。

吴主编说完，眼睛已经红了，夏语嫣也喝得有点多，过去敬酒，说："感谢吴主编一直以来的关心和栽培，羡慕您还有这段感人肺腑的爱情经历，你们那辈人，爱得深，爱得沉，不像我们这代人，一言不合就分手。"吴主编说："小夏啊，谬赞了，别觉得别人的风景才是风景，你是身在福中不知福，你的警察同学，对你那才是一往情深哪，默默陪伴，默默付出，要好好珍惜哟！"夏语嫣红着脸问："哪个警察同学？"吴主编笑着说："都说'当局者迷，旁观者清'，我看只说对一半，哈哈。"

第十四章

1

用音乐抚慰个人的心灵，是修为。

用音乐愉悦他人的身心，是境界。

用音乐观照众生的苦乐，是大道。

郑斌斌热爱音乐，能从音乐中感悟到人生的哲理，算是意外收获。回顾自己与音乐结下的缘，从青涩少年时单纯的喜欢，到从警，到跟随警官艺术团下基层的日子，生活的每一步，都让他变得更加成熟。

这一年，他跟随警官艺术团到基层慰问演出，有二十多场，平均半个月就有一场，每一次都受到民警和群众的热烈欢迎。按郑斌斌的提议，艺术团宣传慰问形式多样。有一次在市里综合办证大厅，正逢办证高峰期，群众等得焦急。突然，音乐响起，人群中陆续站起几位帅哥美女，脱下外套，一身警服，英姿飒爽地唱起流行歌曲《成都》，不论是大妈，还是年轻小伙子，都跟着哼唱，整个大厅的气氛变得和煦融融，最后都井然有序地办好各自的证件。

他们还到过最偏远的郊县乡镇，演出的会场在小学的操场上，乡政府和派出所的同志坐在第一排，着警服的民警才两个。郑斌斌问带队的科长，是不是民警昨晚加班比较辛苦？科长说人家所里总共就两人，一个是所长，另一个是教导员，两人扛下了这个乡的治安任务。那天，郑斌斌特别感动，两位老民警扎根深山十多年，与群众打成一片，他们的笑容憨厚、质朴，能为这样平凡淳朴的同事演出，郑斌斌觉得值。还有现场热情的孩子们，像过六一儿童节一样高兴，他们整齐地戴上红领巾，红色的海洋比明星演唱会上荧光蓝的海洋还要棒，他们很多是留守儿童，父母大都外出打工，有的由爷爷奶奶带，有的甚至姐姐带弟弟，今天他们难得见着这么热闹的场面，情绪特别高涨。郑斌斌特意弹唱了两首儿童歌曲《外婆的澎湖湾》和《听妈妈讲那过去的事情》，孩子们听得如痴如醉，有些女生想起过年到现在都没见过妈妈，不禁伤心地落下眼泪，直到收到警察叔叔们赠送的图书，才破涕为笑。

让郑斌斌印象深刻的，还有一场和专业歌手的同台演出，这是一场专门为西部地震灾区筹集善款的义演。体育馆内，坐满了当地名流，获邀参演的对象多是江城当红的演艺界明星，警官艺术团近来声名鹊起，也获邀参加。郑斌斌眼尖，一下子就认出了台上那位摇滚歌手，他是草根乐队的主唱小虫，大学时期就创建乐队，一路走来也是坎坷不断，他天马行空放荡不羁的演唱风格和励志故事，曾是郑斌斌崇拜模仿的偶像，今天，能和偶像同台竞技，郑斌斌内心激动不已，非常投入地演唱《春天里》。

还记得那些寂寞的春天

那时的我还没冒起胡须

没有情人节　没有礼物　没有我那可爱的小公主

可我觉得一切没那么糟

虽然我只有对爱的幻想

在清晨　在夜晚在风中

唱着那无人问津的歌谣

也许有一天　我老无所依

请把我留在　在那时光里

如果有一天　我悄然离去

请把我埋在　在这春天里

郑斌斌沙哑撕裂的声音，让全场观众无比动容，纷纷起立鼓
掌，下台后，小虫特意过来和郑斌斌击掌表示祝贺，两位年轻人
惺惺相惜，互相加为好友，相约改天再同台切磋，郑斌斌第一时
间把这个好消息分享给了范丽丽，范丽丽自豪地说："你永远都
是我的大明星！"

这天，警官艺术团的同志们在王科长的带领下，马不停蹄地
奔赴沿海郊县，慰问抗击台风的一线民警。范丽丽说："你要注
意安全。"郑斌斌说："没事，我们不在危险区域，给民警们鼓
劲加油，台风很快就过去了。"果然，台风第三天就结束了，干
群们随即转入恢复生产的工作。郑斌斌他们演出很成功，有的打
快板，有的宣传报道，和抢险救援的同志们共度时艰。当晚任务
结束，王科长为考虑安全起见，就在公安招待所休息了一晚，等

第二天中巴车上了高速，一个个精神抖擞。

"领导，今天给我们补休一天吧，都快累垮了。"

"不累才怪，就昨晚才睡个安稳觉。"

大家七嘴八舌地聊开，郑斌斌心里只想着早点给范丽丽报个平安，在车上打电话不方便，平常大家相处得不错，要是知道了，将来不成为调侃焦点才怪。郑斌斌出神地望着窗外，细雨中的山峦格外青翠，云雾缭绕于山腰，如梦如幻。快到江城收费站的时候，三车道变成两车道，收窄的原因是道路刚好经过两座山峦中间，陡峭的山坡紧挨高速路，斜坡本来用石头压住，经过这两天的台风雨水的冲刷，早已松动，不时有泥沙和石块滑落，整座山体斜坡的土层，摇摇欲坠。

"不好，要山体滑坡了！"王科长一看形势不妙，想下车拦住后面跟来的车。

"科长，我是交警，我来处理。"

"我来拦住后面的车辆，你去联系高速交警。"

"不，科长，指挥手势我比你懂，我来拦车，这个我更有经验！"郑斌斌拿起警示牌，往车后跑了两百多米，竖起危险警示牌，然后站在紧急车车道上，做出停止通行的指挥手势，后面的车辆见状，陆陆续续地停下来了，一边焦急地问："警察同志，前面怎么回事，没看到有交通事故呀。"

"看向你的右侧，随时要山体滑坡了。"郑斌斌解释道。

"车子过去就一瞬间的事，哪会这么巧？"司机有些不满。

话音刚落，刚才看似摇摇欲坠的斜坡，"轰"的一声倒塌，泥土夹杂着石块，瞬间冲下，伴随着强大的冲击力，撞向车道，也撞向了郑斌斌。

"快救人！"王科长看见这一幕后，赶紧下令全车同志去救郑斌斌。大家用最快的速度从泥石流中扒出郑斌斌，他已经是个泥人了。

警车呼啸着驶向省立医院。

2

接到范丽丽带着哭腔的电话后，安生大脑涨成一片。上周李大满被针筒刺了一下，到现在还未排除艾滋病毒感染的可能性。前几天好不容易和伊湄讲清保持朋友的关系，没想到却让夏语嫣撞见，到现在都没来得及解释，今天一大早又收到郑斌斌的病危消息。

范丽丽说了，斌斌急需输血，刚检查出来，他的血是RH阴性血，俗称"熊猫血"，这种血型东方人非常稀有，整个江城的血库都告急，原先在血液中心资料库存中有登记备案的几个稀有血型者，因住址或联系方式变更后，已经联系不上。丽丽急得团团转，所以让安生帮忙想想办法。安生连忙联系了二队全体队员。

安生赶到省立医院时，丽丽已经哭成泪人了。一边捂着哭红的眼，一边说："早跟他说要注意安全，台风天很危险，他还要去，那天我就感觉心跳得发慌，没想到真出事了。呜呜——"

"别哭了，现在最关键的是想办法解决问题，那些献血志愿者的电话打通没？"安生焦急地问道。

"打过了，电话号码换了，医院派人按备案的地址上门去找，也没联系上这三个人。听说是外籍教师，去年就离职了。"

"斌斌父亲离世后，那他的妈妈呢？可以请他妈妈给斌斌输血呀。只是她年龄大，不知道能不能撑得住。"

"他妈妈第一个验血，结果出乎所有医师的预料，他们俩血型竟然不配。"

"母子俩血型会不配？！"安生惊掉了下巴。

"千真万确，斌斌血型这么稀有，只有一种可能。"

"什么可能？"尽管安生推断出了结果，但他还是想亲耳听听权威的回答。

"斌斌不是她亲生的！"

范丽丽声音很小，安生却听得清清楚楚，"如果斌斌不是亲生的，那他死去的父亲呢，难道也不是他亲生的父亲？这个结果，只有斌斌妈最清楚。"此刻，她一定处在儿子病危和揭开往事伤疤的双重痛苦中，安生不忍心去追问她这么残忍的问题，而且于事无补，只能等郑斌斌先抢救过来再说了。

安生沉吟了一下，突然想起了陈家辉。

"家辉，我有一个好兄弟在省立医院急需输血，因为他的血型很稀有，医院血库没有，奇怪的是，她妈妈的血型和他不匹配，你能否也来医院一趟？"

"给他献血？"

"他的臀部有胎记……"安生迟疑地说出自己的想法。

"好的，我立马到！"

放下电话，安生安慰还在哭泣的范丽丽："我已经通知二队兄弟了。"看着医院走廊陆续赶到的二队兄弟们，安生上前一一和他们拥抱，所有感谢的话语都是多余的，今天一个电话，他们从江城的四面八方，用最快的速度赶来了！像当初新警集训时，安生顶包被教官罚跑时，全体的二队队员一个不落，甘愿受罚，陪安生雨中跑完十公里，这就是二队，我们的二队！

安生以为二队来的人都来了，没想到走廊的尽头，又走来一个熟悉的身影，是李大满！

"大满，你怎么来了？"安生有些吃惊，刚才没有通知他。

"我难道不是二队吗？嫌我血不干净是吗？"李大满有些憔悴，但神情异常坚定。

"你不是要好好休息？就没敢通知你。"

"我的两份体检报告都出来了，确定没事了，也算在鬼门关走过的人，好歹要好好活着。刚刚收到斌斌出事的消息，我也赶过来，看看能不能帮上忙。"

安生感激地望着李大满，这才是小时候的好伙伴，才是二队的好战友。看着安生欲言又止的表情，李大满明白他想问夏语嫣的事。

"赶快向人家赔礼道歉吧。我明白了，夏语嫣爱的，是你！"李大满的眼中，是怅然，是祝福。

安生感到一阵眩晕，幸福来得如此突然，朝思暮想的夏语嫣又将回到自己的身边。这回他更加相信爱情，只要两人用心相爱，一定会突破艰难险阻，走到一起。坐在走廊的长椅上，安生感慨万千，在医院，墙壁是白的，手套是白的，大夫的大褂是白的，这些，像无处不在的死神的脸。这里，每天都在上演生与死的轮转游戏，李大满从死走向生，郑斌斌正由生滑向死。只有见过生死的人，才会懂得珍惜眼前人。安生下定决心，这回无论如何，和夏语嫣再也不分开了，不会让任何人伤害到自己心爱的女人，包括自己。

昨天，他特意去商场买了个白银坠子，正面写着"百年好合"，安生让店长在背面刻上"夏"字，店长笑问是女朋友吧，不如买个钻戒。安生腼腆地说："我拿手镯送给她。"说完从兜里取出一个荷包，绿色丝织面料，手工绣着一朵怒放的荷花，精致典雅。松开袋口，里面裹着一只翡翠飘花手镯，晶莹剔透，被一根红线绑着。

　　"我的天哪！这是无价之宝，有些年头了吧，玉养得这么好，怎么舍得送人，万一将来两人不在一起，怎么办？"

　　"非她不娶！"安生坚定地说。

　　现在很多人结婚前都会做个财产公证，以防将来分开了，财产还要平分，而眼前这个帅小伙，还能这么笃定地去爱一个人，店长深受感动，内心也暗暗祝福他有情人终成眷属。她细心地把红线头穿过银坠子，另一头绑住手镯，然后小心翼翼地放进荷包。

　　此刻，经李大满提醒，安生把那晚写的诗《废弃的铁轨》，发给了夏语嫣。夏语嫣回复：我喜欢这么唯美的诗，我要是没有穿越千年来看你，那么，中国本来是有五大古典美人的！安生再发：今晚送你一件神秘礼物。夏语嫣回复：别到时候说话不算数，拉钩。

　　"安警官，在哪儿献血？"陈家辉走得急，还在喘。

　　安生看到二队队员一个个垂头丧气地走出化验室，内心暗暗叫苦，看来郑斌斌这次是凶多吉少了。还好陈家辉的出现，让安生隐隐感觉还有一线生机，抓住他的手说："不好意思，让您来献血，已经确定，郑斌斌不是亲生的。待会儿验血时，如果成功的话，会有初步的比对报告，你和他各持一份。"

　　陈家辉感激地望向安生，看安生时不时地看下手表，就说："安警官，你若有急事，先走吧，这儿有我，什么情况，我再跟你汇报。"

"那我先走啦，所里催得紧，这儿什么情况，告诉我一下。"

安生转身向范丽丽告别，看斌斌妈失魂落魄的样子，就不再去打扰她，小跑出医院的走廊。

走廊里挤满了人，有二队的，有交警的，有警官艺术团的，有低低哭泣的范丽丽，还有魂不守舍的斌斌妈。安生离开医院后，没有人会去注意这个满脸沧桑的陈家辉。自从出狱后，木讷的他害怕去人多的地方，平常除了洗车，没事就喜欢待在四楼的出租房内，看看欢欢小时候的照片，他还特意把照片过塑，这样可以放心地抚摸他白白胖胖的小脸蛋，百看不厌。当安生说郑斌斌臀部有胎记时，他恨不得能飞过去看郑斌斌，可是陈家辉见不到郑斌斌，只能蹲在走廊的角落，静静等候医生的吩咐。

"陈家辉，准备抽血！"就在大家陷入绝望的时候，医师这么一喊，所有人的眼光全盯向了陈家辉，刚才还默默无闻地坐在角落里的陈家辉，一下子成了全场的重点，他有些不习惯，不好意思地低下头。斌斌妈还以为他很为难，"扑通"一声就跪下了，哭着求道："您大恩大德，救救孩子呀！"

"快快起来，我去抽血，只要能救回孩子的命，就算抽干我全身的血，我也心甘情愿！"陈家辉眼中含泪，只有范丽丽明白其中缘由。

鲜血从陈家辉的手臂缓缓流出，注入干瘪的蓄血袋，陈家辉看着它慢慢鼓起来，像老家稻田旱年时注入清水，秧苗几乎是闻着水声就能拔节。抽吧，多抽点，秋天就能有个好收成。

"受安警官的委托，我们加急对您和受血者的血液，进行初步的DNA比对，这份报告是给您的，仅供参考，不作为亲子认定的依据。"

陈家辉脸色苍白，左臂刚抽完血，用右手颤抖地接过报告，仿佛它不是普通的报告，是一锤定音的判决书，事关生死。纸质的密封袋，他用尽了全身力气，才最终拆开。

最后一行写着：血液高度吻合，疑似亲子关系。

3

走出抽血室，陈家辉颤抖着嘴唇，说不出话，滚烫的眼泪，倒先滑落脸庞。二十多年来，他的人生目标是唯一的，全家人的目标是唯一的，连他日常的快乐和痛苦，也和这个唯一有关。为了这个唯一，他卖掉了新装修的房子，那套新房曾是他和江大妹的幸福归宿，后来却成了两人心照不宣的话题禁区。为了这个唯一，他跑坏了四部摩托车，印了几十万张的寻人启事，看过无数或怜悯或不解的目光。为了这个唯一，夫妻俩从青丝寻到了满头白雪，时间都去哪儿了？半辈子一转眼就过去了。

他感觉双腿发软，一个趔趄差点儿摔倒，众人赶紧上前扶住他，嘘寒问暖。

"恩人哪，我们一家人感恩戴德啊！"斌斌妈再次想跪下，被陈家辉扶住。

"我是斌斌的女朋友，等他出院，不，等他手术后醒来，我们就要当面向您谢恩。"

"世上好人多呀，我们是警官艺术团的，斌斌的同事，谢谢您伸出援手，救了郑斌斌，他可是我们舞台的顶梁柱！"

"就是就是，等斌斌好了以后，我们交警大队要开展向标兵看齐的学习教育活动，学习他在一号岗的敬业奉献精神。"

自豪、欣慰、惊喜，所有的喜悦都写在陈家辉沧桑的脸上，大家每夸一次郑斌斌，陈家辉就觉得是在夸奖自己，二十多年了，这是他笑得最灿烂最开心的一次。此刻，他多么想亲眼看一下郑斌斌，不，是欢欢，哪怕是远远地望着他的身影。可是他还在抢救室，还要转到ICU。陈家辉想去看看儿子工作过的地方，范丽丽告诉他在桥头一号岗。

蓝白相间的岗亭，建在四通八达的桥头，更像麦田守望者，孤独而又执拗，守望这座城市的灯火，也守望这座城市的魂与根。江风拂面，陈家辉出神地望着它，像望着一个在风中奔跑长大的孩子，它朝气蓬勃，青春向上。陈家辉深情地凝望，父爱如山，沉默是一位父亲真正的语言。

"红灯停，绿灯行，记住了没有？"一位年轻的妈妈，在路口指着红灯，对三岁模样的孩子说道。

"那位叔叔怎么红灯就走了？"

"他可能有急事，但不管什么事，闯红灯都是错的，好孩子是不会做违法的事。万一被警察叔叔抓起来，就像白纸沾了墨点，永远都擦不掉！"

孩子吓得缩回小脑袋，耐心地在一旁等绿灯亮起。

陈家辉像被电击一样，浑身打了个激灵，加上刚才被抽了许多血，仿佛一下子掉进了冰窖，感觉出奇的冷。

岗亭的窗口上，贴着郑斌斌英姿飒爽的警察照，他面带微笑，眼睛澄澈明亮，满满的亲和力。曾经懵懂可爱的欢欢，长成有担当有作为的优秀人民警察，陈家辉感到无比欣慰，他领导也说了，要重点培养他，将来一定前程似锦。而自己刚从狱中出来，沾了污点的父亲，不仅将来帮不上什么忙，还会拖了孩子的后腿！他千辛万苦寻找欢欢，不就是为了确认孩子过得好吗。有条新闻，说一位母亲每天坚持长跑，瘦了几十斤，就为了让肝的脂肪值，降到正常标准，可以移植给病中的儿子。这个新闻，对在迷茫寻子中的陈家辉来说，不啻灵与肉的战栗，母亲与孩子，血肉相连，出生时给了他身体，现在又切割身体器官给孩子，这是人间多么无私的爱！

他想和"眼镜"告别，"眼镜"如约赶到了一号岗。

"宝宝怎么样？"陈家辉问。

"宝宝学习成绩挺优秀，第一批加入少先队，戴上红领巾，可神气啦，哈哈哈，周末两家人准备聚餐。""眼镜"自豪地回答，"对了，第一次主动给我打电话，不会就为这事吧。"

"想和你道个别，要是没有你和安生警官，我可能过不了这个坎。这三年是我身心最放松的三年，包括在狱中，因为我看到了好的一面。"

"我也心怀感恩。寻子公益活动会一直做下去！"

"把欢欢照片撤下去吧。"

"找到了？还是不想找了？不要放弃希望……"

"你更爱宝宝还是他贵州父亲更爱宝宝？"陈家辉反问。

"我把宝宝当亲生儿子。"

"他经历两次失去孩子的痛苦，一次是失去时，另一次是找到时。当他听到孩子哭着喊你爸爸时，你知道他有多痛苦？！贵州的父亲为了让宝宝健健康康，也为孩子的将来考虑，甘愿和收买过孩子的人分享亲情。人都是自私的，他为什么这么做？你想过吗？真正的原因只有一个。"

"什么？"

"血亲！"

简短的词语，像一把匕首，直插"眼镜"的心窝。

告别"眼镜"，陈家辉再次回到医院，找到了刚才给他报告单的护士，恳求说："把另一份报告单也给我吧。"

"另一份是给受血者的。"

"他正在动手术，我来帮他取，手术成功后，我会告诉他的。"

陈家辉从护士那里拿到了另一份报告，出一楼电梯时，和自己的那份，一起撕了，扔进垃圾筒。

他给江大妹打了个电话，平静地告诉她找到了欢欢。江大妹喜极而泣，电话那头，泣不成声："欢欢，呜呜，我的欢欢，老天有眼，终于找到你了！"

"是安生警官帮我们找到的，我们应该感谢他！"

"对对，安警官是我们家的救命恩人哪！"

"大妹，我也对不起你！这么多年，没有好好陪你们母女俩，让你们受苦了。在狱里，我静心思考过，人一辈子很快就走完了，只要欢欢平安健康，过得幸福，我们当父母的，还有何求？当初千辛万苦到处寻找他，不是为了让他来赡养我们，只想确认他能平平安安健健康康就好。"

"那你不带欢欢回来吗？"

"不带了，不想让他多一个蹲过牢的父亲。我收拾完东西，明天就回家。咱们好好过日子。"

"哎，听你的。"

第十五章

1

陈家辉看到安生时，安生已经在那儿多时了。安生刚分配到临湖所的时候，拆迁片以民房居多，尽管路上散落砖头碎石，但总体还算规模较大的群落，人们的起居样样正常。偶尔开发商会派辆挖掘机进来，想吓唬吓唬居民，下场都是灰溜溜地跑走。这两年江城的房价飞涨，开发商开始着急了，愿意多出些钱补贴居民，拆迁得以顺利推进。但老潘等三户人家坚持留守，任凭工作人员磨破嘴皮，就是不搬，最后诉诸法院。判决书一下来，工作人员就上门告知要么自行搬离，要么强制执行，昨天是搬离的截止日期，各相关方都已接到了通知，临湖所也派了段警老陆，负责治安工作。

那三栋民房，品字形挨在一起，远远地望去，像孤岛一样突兀于一大片废墟之中。到中午时分，劝说失败，拆迁办和法院执行局的会商之后，决定强制执行。开发商开着三辆挖掘机呈三面包围之势，油门一踩，黑烟滚滚。老潘这边也不示弱，夫妇俩张开手臂挡住自家门前的这辆，大有不成功便成仁的决心。这时，陈家辉拨开人群，找到安生和老陆。

"安警官，我抽完血了，欢欢没事，哦，不，斌斌没事。"

"血型真的一样？！"安生有些激动。

"医生是这么说的。"

"那你还在这儿干吗？赶紧守在医院啊，准备认亲！斌斌要是知道父亲还在世，一定高兴坏了！"真是皇帝不急太监急，安生一把抓住陈家辉的手，往外拉。陈家辉用力挣脱，说："我想清楚了！现在就要到楼上收拾东西，明天就回老家，心愿已了，帮我保密。您的大恩大德，我们一家人这辈子都不会忘记！"

"别上去了，现在很危险。"安生有些急。

"枕头下藏着这两个月洗车赚的钱，行李还有几件呢，总不能空手回去吧。"

挖掘机伸出长臂，越过老潘的头顶，往楼房的支柱横钩过去，随着"砰"的一声闷响，砖石飞落，接着又连续几下沉重的撞击，民房霎时摇摇欲坠，四楼违章搭建的那间首先坍塌。

"完了——"老潘瘫坐在地，悲伤地望着曾经日夜守护的房子。

就在大家都在期待房子轰然倒塌的壮观时刻，一个人影闪进房子。

"陈家辉——"安生对着人影大声喊道，人影没回头，继续冲向楼顶。现场所有人的心，都提到了嗓子眼。过了片刻，空地上的人看见四楼完全倒塌。

"啊——"楼上传来陈家辉的惨叫。

安生心急如焚，从兜里取出一个荷包，交给老陆，这个给夏语嫣，先帮我保管。转身就要冲进房子，被老陆一把抓住他，说你等一下。老陆随手扯下身边一个工作人员的安全头盔，给安生戴上，徒弟，注意安全。师徒俩点头对视了一下。在老陆不安的目光中，安生冲进了楼内。

原来陈家辉的左腿被一根铁杆砸伤，整个人倒在地上，动弹不得，手里还拿着钱包和几件行李，痛得在地上直打哆嗦。

"老伙计，别怕，我来帮你。我喊到三的时候，你把腿快速撤出来。一——二——三。"安生扎好马步，双手用力托起压在铁杆上的所有重量，陈家辉趁空当抽出了左脚，尽管疼出眼泪，仍然笑着说："记得我抢劫受伤住院时,是你安警官扶我去厕所的,没想到最后要离开江城了，还得麻烦你再扶我一把，缘分啊！"

"老财迷，还有心思开玩笑，好好反省一下，为什么每次都是左腿受伤。"安生的嘴也没闲着。

好兄弟啊！安生心里想，要是在古代沙场，此刻他一定要唱"岂曰无衣，与子同袍"，或者"风萧萧兮易水寒，壮士一去兮不复还"。安生搀扶着陈家辉，迅速往楼下撤离。就在他俩一瘸一拐地出现于一楼楼梯口时，老陆激动地挥挥手："快点，再快点！"

电光石火之间，人群不约而同地发出惊叫，"啊——"

原来，房子再也撑不住，轰然倒塌，他俩淹没在废墟之中。

"快救人！"

老陆带头抄了个铲子，奔向他俩最后出现的位置。众人一会儿用挖掘机刨开钢筋横梁，一会儿用铲子配合挖开砖块，拼了命地在和时间赛跑。好不容易挖出他俩时，安生已奄奄一息，满身是血，刚好被一梁柱挡住，才没被压到，仍昏迷失去知觉，生死未卜。

而陈家辉就没这么幸运，被一根横梁拦腰截断，身体血肉模糊，令老陆惊讶的是，他的表情从容安详，平静得让人无法置信，仿佛刚刚在和老友喝茶闲聊而已，根本没有千钧一发的凝重和惊慌。

警车的呼啸声，让人更加揪心。到省立医院二十分钟的路，仿佛打了一个世纪。

"好徒弟，挺住！平安第一呀，陪师傅到退休好不好？"老陆哽咽着说。

"安生，你这是怎么啦？上午还好好的。"范丽丽看郑斌斌没事，刚刚还喜出望外，转眼又要哭出声来。

李大满悲从中来，忏悔与愧疚，就算说出来，安生已听不到。他仰着头，极力不让眼泪流出来。"好兄弟，咱们一起逃过学，一起爱过女人，一起从警，一起出生入死，好不容易我和郑斌斌从鬼门关里逃出来，你却生死未卜，这太不够意思啊！就算你胸怀宽广，帮助过我很多，如果这次，你真的撇下一帮兄弟，自己走了，我打死也不会原谅你！回去我该怎么和你家里人交代呀。"李大满看着全身瘫软的安生被推进抢救室，原先一直在眼眶里打转的泪水，再也忍不住，簌簌地落下。

"还好他戴了安生头盔。还要紧急抢救，生死悬于一线，其他人保持安静。"推车旁的护士吩咐道。

抢救室的门"哐当"一声关上了，门上的灯箱亮起，醒目地写着：手术中。

2

多么姣好的脸庞啊!

对着镜子,夏语嫣叹道。就像一朵牡丹,艳得正当时,要是没有懂你的人来欣赏,空自绽放,等花落凋谢,会留下莫大的遗憾和惆怅。镜中,参差的刘海下,扑闪着一双水灵灵的眼睛,宛若清澈的洱海,眼睛之于人类,好比海子之于高原,它们是神灵,是通向圣殿的入口。此刻,这双眼睛,如薰衣草那般脉脉含情,如火山口那般炽热滚烫。

柔荑般的手指,顺着坚挺的鼻尖,慢慢滑到嘴唇,到下巴,再轻轻放下。如此反复,夏语嫣感觉自己在经历一次次心灵的溯源,她仿佛突破艰难险阻,拨开重重迷雾,终于登上了山巅,"千山暮雪都在垂顾之中"。她仿佛看到安生深邃迷乱的眼睛,听到安生琴瑟齐鸣吟诵诗词的嗓音,触摸到安生近在咫尺的体温。如此密不透风一股脑儿袭来,她感到一阵眩晕,幸福得要窒息。

夏语嫣自幼喜欢古典诗词,喜欢李清照,喜欢苏东坡,她曾经为苏东坡在大狱中领受的那瓢温水感动不已。当时苏轼还在狱中备受折磨的时候,有一名普通的狱卒,每天在送洗脚水的时候,特意给他加了一点儿温水,帮他熬过生命中最脆弱的时光,没有那瓢温水,说不定历史上只有官场失意的苏轼,就没有文坛巨匠苏东坡。在夏语嫣看来,安生虽然只是平凡的人,谈不上发光发亮,却像那瓢温水,温暖着身边的人。想起他固执地寻找欢欢,想起他暗中帮助自己，夏语嫣的脸，不由自主地羞红起来……

今天刚上班没多久，传达室赵大爷就通知夏语嫣说门口有一女的找她。令夏语嫣没想到的是，来人竟然是伊湄！小女孩成熟了许多，不像最初刚认识时的打扮，单纯可爱，现在已是职业装打扮，干练知性，洋溢着青春的魅力。

"嫣姐好，我是来向你辞行的，谢谢你的关照。"伊湄微笑地伸出右手。

夏语嫣礼貌地伸手握住，不解地问："辞行？你要离开江城吗？"

"我要出国读研了，这一别，可能是两年，也可能是一辈子，说不定再也见不到了，和你们在一起的时光很快乐，让我学到了很多东西，成熟了不少。"伊湄说话时，眼睛闪着泪花。

夏语嫣不禁一颤，尽管对伊湄有些成见，但和她相处，明显能感觉小女孩纯真坦率，若不是因为安生，两人完全可以发展成闺蜜的那种。当夏语嫣听到伊湄要远行，不知是高兴还是忧伤，竟然升起依依不舍的情愫，关心地问："那你们？"

"这也是今天跟你辞行的目的，我和安生纯粹只是普通朋友关系，去年我失恋想不开，是安生救了我，但他一直把我当成小妹妹看，帮我走出阴影，重新认识自己。他心里一直装着一个人，就是你！那晚在他宿舍，被你撞见，是个误会，因为我想起这辈子可能再也不见他，忍不住借他的肩膀哭个痛快，希望能得到嫣姐的原谅。我是下午的飞机，特意过来和你道别。"

"要不要跟安生讲一下，让他送送你？"

"不用了，那天就算是道别了。"

夏语嫣有些伤感，上前紧紧抱住伊湄，对着她的耳畔说："等安顿好了，记得给我们报个平安。"

伊湄刚走几步，又回过头来，说："嫣姐，差点忘了，偷偷告诉你一件事，那天，安生手里拿着一只翡翠手镯，用一根红线绑着，说是要送给你，看样子，是定情之物！"说完，朝夏语嫣挤挤眼，这一走，再没回头。

夏语嫣愣在报社门口，不知是喜还是悲。悲的是，伊湄走得落寞，走得孤单。喜的是，她看上的安生果然没让她失望，对她一往情深，任凭世事变迁，人事不定，他都能矢志不渝，不为所动。想到这，最近所有的烦恼立即烟消云散，随之而来的是云淡风轻、小桥流水。

这时，手机里收到安生的信息，是一首诗，准确地说，是一首情诗《废弃的铁轨》，尤其最后两句，让她久久回味。

我们并排牵手
回家，回到那个相信爱情的年代

夏语嫣很感动，"得此知心爱人，夫复何求！安生还说下午下班后送我一个神秘礼物，还神秘个头，伊湄刚告诉过我了，是个翡翠手镯，定情之物，只是本姑娘不点破而已，要是我这凝脂之肤柔荑之手戴上这个手镯，会是什么样子呢？"夏语嫣幻想着，嘴角露出痴痴的笑意。

"士为知己者死，女为悦己者容"，夏语嫣向领导请了下午的假，上街买了套汉服和饰物，回到报社宿舍时，已是三点多了，她得抓紧化妆，为了配上这个翡翠手镯，她也是豁出去了，既然安生选择古代的定情之物，那么她也要恰合情境，让时间定格，永远留住这一美好的瞬间。

要是有面铜镜就更应景啦，夏语嫣心里美滋滋地想。她将妆前乳均匀涂抹于脸部作为打底，把美妆蛋打湿，蘸取粉底轻拍脸部，蘸取珠光轻扫下眼睑，再用眉笔勾勒出轮廓，最后将唇釉涂在嘴唇中部，夏语嫣抿了下嘴唇，煞是满意。经过一番薄薄的底妆、眉眼淡描，加之秀发梳整，再簪上小巧发饰，夏语嫣俨然就是从古代穿越而来的美人，一颦一笑，尽是风情万种。

"安公子，小女子这厢有礼了，余生请多多指教。"夏语嫣着上素雅的汉服，双手手指相扣，放至左腰侧，弯腿屈身，调皮地行了万福礼。

"你这是要出嫁吗？"

夏语嫣调侃自己，脸上已绯红一片，为自己的举动含羞不已。

下班时间已过，从报社大门出去的同事，慢慢变少，夏语嫣下了三次楼，都没见到安生的影子。

"赵大爷，等下有人找我，麻烦通知一下啊。"

"这回一定是个小伙子吧，小夏今天比新娘子还漂亮！"

"您不是想知道我们江城有没有这样的好警察，待会儿就看到了。"

"安生？那我可得和他唠唠。"

"嗯。"

夜色如墨，报社门口的路灯也亮起来了，昏黄，空蒙。

夏语嫣透过办公室的玻璃，看到门口的小路空空如也，干脆自个儿走到传达室，就着赵大爷的木凳坐下，眼巴巴地望向窗外。

"小夏，别等了，估计人家今天走不开，要不你主动给他打个电话，问问什么情况。"

"刚才在楼上打过了，关机。"

"那你还要等吗？"

"等！我会一直等下去，今天没来，明天继续等；白天没来，晚上继续等；这辈子没来，下辈子继续等！"

3

冷，我感到冷。

身下是柔软的平面，把我凌空托起。

记起来了，小时候仰泳于下湖之上，就是这种感觉，全身放松，有一种自然的浮力托举着自己，风一吹，波浪一漾一漾的，身体也跟着飘动，那时就突发奇想，婴儿在娘胎里，是不是也这样漂浮。爷爷说，我出生时，湖面结着冰，我可从来都没见过，难道此刻，我就是那块浮冰？

爷爷，最近我不敢想你，你会生气吗？因为每次一想起你，我就会陷入开心一刻的幻想中，你说过，将来万一学习不如意了，工作不如意了，或者城里生活不如意了，咱们爷孙可以在下湖村辟块地，养鸡养鸭，再种些菜，日子照样过得有滋有味。这些都成为我坚强的理由，因为有你们做我的后盾，我就有冲劲，不怕失去什么，当初就是这么空手进城的。那天，你和奶奶进城来看我，用蛇皮袋装满了家里的土特产，奶奶一件一件地取出来，说腊肉保质期长，可以随时炒着吃，白菜没打农药，甜着哪，可以白菜炒蟹，还有这些打过霜的西红柿，自然熟，很甜，可以当水果吃哩，不像城里的西红柿，弄个西红柿炒蛋，加再多糖，照样酸。奶奶心疼有几粒土鸡蛋在挤公交车时碰破了，其实，让我心疼的不是这些鸡蛋，是那个丢在墙角的蛇皮袋，干瘪得像刚走下产床的产妇。

奶奶，对不起啊，奶奶，爷爷走得匆忙，把你一个人丢在老房子里，大厅里有你们一起用过的八仙桌，平日里就算爷爷再迟回来，你都会等着他一起用餐，你宁愿让饭菜凉着，也不肯自个儿先吃，你说饭菜凉了，可以再热呀。那张梨木雕花床，是你们结婚时打造的，几十年过去了还这么结实，怕你夜里睡不着想爷爷，我说换个席梦思吧，你不肯，说习惯了，换个陌生的床更睡不着，结果我什么事情也没帮你做。最后一次离开家时，你送我到村口，悲戚地唤了声乳名，我赶紧回头，我知道这是祖辈的习俗，你要让我记住回家的路。可是现在，我真的全身无力，只能漂在湖面上，奶奶，我不忍心看你一直站在村口的风中盼我回家啊。

大满，你说得对，人的一生，总要做几件将来回忆时能感动到自己的事。抓偷车贼时，郑斌斌站出来了，抓毒贩时，你也站出来了，而我，能眼睁睁看着他陈家辉死在我面前吗？也许事后，我们可能会后悔，付出的代价很大，从价值理论上来讲，认为不值得，但是，有些东西不是用秤来衡量的。是骨子里的公平正义，让我们有这么大的勇气站出来。要是将来我再也不能和你并肩战斗，大满，我的好兄弟，带好二队的战友们，人间冷暖，有一帮这样的兄弟互相取暖，人生足慰！

陈家辉，你这个老伙计，第一次搀扶你去厕所时，就感觉你是我的大哥，我没有兄长，心里已经把你当兄长了，有你这样的抢劫犯吗？看到穷学生，就放她走，看到婴儿车危险，就先想到孩子，弄得自己落网，你真傻啊你。不过，你傻得可爱，我们真的是一路人，我也经常做些别人认为的傻事、荒唐事，谁说猫和老鼠势不两立，能让两个人惺惺相惜的，不是因为他的职业、他的地位、他的出身，而是他的良心和人格。不要自卑，谁没做过错事。我实现你所托付的事，找到了欢欢，他现在是人民警察郑斌斌，同时也是个内心正直有血有肉的人，他不会嫌弃你的过去，也不会因你而抛弃他的养父养母，相信我，去认亲吧，去亲眼看看他相貌堂堂的帅样，像无数次抚摸欢欢相片那样，去亲手抚摸斌斌的脸吧。

　　还有你，夏语嫣，我今生唯一所爱的爱人，此刻，你不知道我有多难受，我可能要食言了，我答应过你，晚上亲手送你一件礼物，不知道老陆转给你了没有，那是我们家祖传之物，有点土，现在时兴钻戒，但愿你不会嫌弃，它见证了爷爷奶奶几十年的爱情，两人从来没分开过，所以我相信它有灵性，会让我们这辈子恩爱幸福。别笑话我，初中时我真不敢看你的脸，只是在上课时偷偷地看着你冰雪般的脖颈，在心里起名叫"葱白"，那篇《葱白养成记》写的就是你。如果当初的情愫是懵懂的，那么，江城的再次相遇，就是老天善意的安排，让我有机会从内心真正爱上你。像初中时默默看你流泪，默默看你和李大满有说有笑那样，在江城我用网名加你，只希望还能延续这种默默的陪伴。真正的爱情是希望对方幸福，宁可自己伤痕累累。爱很艰难，需要信仰。夏语嫣，我今生唯一所爱的爱人，每当想起你时，我的内心是如此的宁静，湖水般的宁静，你说洱海是来世的你，我说下湖是前世的你，她们都是形而上的悬空湖，是图腾，是归宿。这个夏天还未过去，树上的芒果正在变黄，我会勇敢地摘下它，品尝爱情的甜蜜。我下定过决心，不能再让你受到伤害，不能再让心爱的人流泪，可是，对不起，夏语嫣，我今生唯一所爱的爱人，可能要让你失望了，我全身无力，瘫软在湖面上，已经挣扎过许多次了，还是站不起身，好想亲口说声我爱你，好想亲手为你戴上手镯，把你紧紧地拥入怀中，再也不分开了。可是，我还是哆嗦着没能站起。

记得小时候，我在下湖打过水漂，在岸边捡几块稍扁的石子，用力往水面掷出，会打出好几个水漂，可是，再怎么努力，石子最终还是沉进湖里，归于沉寂，唯愿能给平静的湖水留下关于涟漪的记忆。也许，我就是那块即将沉没的小石子。

命运抛出一枚硬币，我看见两面都有光。来念一段卡佛的文字吧，就不那么冷了。

　　　哑巴把手放在口袋里，向水塘转过身去。他又开始往前走。我们在后面跟着。现在我们看到整个水塘了，浮上来的鱼在水面激起涟漪。不时会有一条鲈鱼跃出水面又落回去，溅起一片水花。

　　……